FISCHER

Martin Schäuble, geboren 1978, ist für seine kritischen Jugendbücher bekannt. Bei FISCHER KJB sind von ihm bereits »Sein Reich«, »Cleanland« und »Godland« sowie unter dem Pseudonym Robert M. Sonntag die Dilogie »Die Scanner« / »Die Gesannten« erschienen. Er ist außerdem der Autor des vielbeachteten Titels »Endland«. Als Sachbuch-Autor schrieb er mehrfach ausgezeichnete Titel zum Nahost-Konflikt (u.a. »Black Box Dschihad«).

Sein neuer Roman »Alle Farben grau« beruht auf einer wahren Geschichte. Die Familie von Paul (Name geändert) und der Autor fanden zueinander. Sie vereint ein gemeinsamer Wunsch: Über psychische Erkrankungen muss gesprochen werden, es darf keine Stigmatisierungen geben. Und nur so ist Prävention möglich.

Weitere Informationen zum Kinder- und Jugendbuchprogramm der S. Fischer Verlage finden Sie unter *www.fischerverlage.de*

MARTIN SCHÄUBLE

ALLE FARBEN GRAU

ROMAN

FISCHER

Aus Verantwortung für die Umwelt hat sich der Fischer Kinder- und Jugendbuch Verlag zu einer nachhaltigen Buchproduktion verpflichtet. Der bewusste Umgang mit unseren Ressourcen, der Schutz unseres Klimas und der Natur gehören zu unseren obersten Unternehmenszielen.

Gemeinsam mit unseren Partnern und Lieferanten setzen wir uns für eine klimaneutrale Buchproduktion ein, die den Erwerb von Klimazertifikaten zur Kompensation des CO_2-Ausstoßes einschließt.

Weitere Informationen finden Sie unter: www.klimaneutralerverlag.de

Für die Verwendung in der Schule ist unter
http://www.fischerverlage.de/service/lehrer
ein Unterrichtsmodell zu diesem Buch abrufbar.

MIX
Papier | Fördert gute Waldnutzung
FSC® C014496
FSC www.fsc.org

Erschienen bei FISCHER

Dieses Werk wurde vermittelt durch
Aenne Glienke, Agentur für Autoren und Verlage
www.AenneGlienkeAgentur.de
Kinder- und Jugendpsychotherapeutische Fachberatung: Trine Karcher
Angaben zu den Quellen der zitierten Originaltexte im Anhang
Umschlaggestaltung: Buchgut, Berlin, unter Verwendung einer Abbildung
von Jun Yamaguchi / Arcangel
Satz: Pinkuin Satz und Datentechnik, Berlin
Druck und Bindung: GGP Media GmbH, Pößneck
Printed in Germany
ISBN 978-3-7373-4329-9

Dieser Roman handelt von einem jungen Menschen, der sich das Leben nimmt. Sprich bitte mit anderen, wenn es dir nicht gut geht und du ähnliche Gedanken hast. Anonym und kostenlos findest du zum Beispiel hier Hilfe:

TELEFONISCH:

In Deutschland: 116 111 und 0800-1110-111 oder -222
In Österreich: 142
In der Schweiz: 143

ONLINE (CHAT UND MAIL):

In Deutschland: www.krisenchat.de, www.u25.de, www.nummergegenkummer.de, www.telefonseelsorge.de
In Österreich: www.telefonseelsorge.at
In der Schweiz: www.143.ch

Nach einer wahren Geschichte …

KRISENRAUSCH EINS

»Ich weiß, wenn man in deren Haut steckt
oder auch wenn man ganz nah rangeht
und sie beobachtet, scheint das alles
einen Sinn zu geben, was sie da so wursteln,
aber wenn man nur einen Schritt zurück macht,
ist das doch alles sehr rätselhaft …«,
sagt das Känguru.

Marc-Uwe Kling, *Die Känguru-Chroniken*

ALINA

Die Ausgangszeiten sind hier das Traurigste überhaupt. Und das hat an diesem Ort schon was zu bedeuten. Schließlich ist hier fast alles traurig, sowohl für die Eltern, die uns abholen und wieder bringen, als auch für uns, die wir hier untergebracht sind.

Untergebracht klingt nach einem Bullterrier im Tierheim, den keiner mehr haben will, weil er zu viel Probleme macht. Oder weil er einfach nur anders ist als andere Hunde. Und bei den Ausgangszeiten darf er mal kurz raus an die frische Luft, wird abgeholt und nach zwei Parkrunden an der dicken Leine zurückgezogen, weil er gar nicht zurückwill, ins Heim.

Untergebracht klingt nach Klassenausflug und Jugendherberge, nach einem Bus voller Kotztüten und vollgeschwitzten Sechsbettzimmern.

Untergebracht ist vielleicht das falsche Wort.

Das hier ist kein Tierheim und keine Schulveranstaltung, sondern der noch fiesere Teil vom Ernst des Lebens. Es ist die Akutstation der Kinder- und Jugendpsychiatrie.

Wir werden hier nicht *untergebracht,* sondern eher eingewiesen. In meinem Fall war es fast freiwillig – nachdem mein zweiter Suizidversuch scheiterte, musste ich mal was anderes probieren.

Fast freiwillig, wie gesagt.

Und was war geschehen?

Meine Mutter stand mit roten Augen neben dem Notarzt, und als ich vor Schmerzen aufschrie, sagte sie: »Alinchen, was soll der Scheiß? Was machst du für Sachen?«

Alinchen geht vor anderen Menschen gar nicht, aber ich hatte gerade meinen zweiten Versuch hinter mir und wollte meine Mutter nicht noch mehr stressen. Immerhin wäre ihr legendäres *Alinaschätzchen* noch peinlicher gewesen.

Meine Mutter musste schon wieder weinen, und der Mann in der orangenen Weste reichte ihr ein Taschentuch, obwohl er sicher längst an anderen Einsatzorten wichtigere Sachen zu tun hatte.

Adipöse und nikotinsüchtige Menschen auf ihrer Wohnzimmercouch reanimieren.

Brandwunden von hyperaktiven Kleinkindern in Reihenhausküchen versorgen.

Dem verunfallten Motorradfahrer auf der Autobahnausfahrt Schmerzmittel spritzen, bevor er sein Bein auf der anderen Straßenseite entdeckt.

Solche Alltagsdinge eben.

Doch Suizidversuche sind kein Alltag.

Das dachte ich zumindest, bis ich die Akutstation von innen sah.

Was meine Mutter in unserem Badezimmer dem Notarzt entgegenheulte, setzte mir ziemlich zu: »Ich kann …«, fing sie an, holte tief Luft und probierte es noch einmal. »Ich kann echt nicht mehr.«

Ich glaubte das meiner Mutter sofort, so fertig, wie sie aussah. Dabei war es ja nicht mein Ziel gewesen, meine Mutter zu töten, sondern mich selbst. Dass das aufs Gleiche rauskommt, verstand ich erst später in der Psychiatrie so richtig.

Der Notarzt hatte keine Zeit für große Worte, doch immerhin für große Taten. Er drückte meiner Mutter aus einer Packung eine Pille in die Hand. Sie schluckte das Ding trocken herunter.

Kurz schauten sich beide an und überlegten vermutlich synchron, ob das jetzt so das richtige Verhalten war, vor der suizidalen Teenagerin, doch sie sind eben auch nur Menschen.

Noch am selben Abend saß ich in einem krass gelben Raum, und das war noch nicht einmal die Akutstation, sondern die Praxis einer Psychologin.

Überall zwischen dem Gelb hingen große Fotos von Steinen: ein Stein am Strand. Ein Stein neben einem Teich. Ein Stein auf der Wiese. Ein Stein im Wald. Ein Stein in der Wüste. Und dann, total überraschend: drei Steine, übereinandergestapelt.

Die Psychologin auf dem Sessel gegenüber räusperte sich. Sie hätte eigentlich erst in eineinhalb Jahren wieder einen Termin frei gehabt. Doch sie war eine Bekannte der Freundin einer Arbeitskollegin von meiner Mutter. Oder eine Arbeitskollegin der Bekannten von einer Freundin oder was ganz anderes …

Auf jeden Fall hatte sie eine freie Stunde gefunden oder arbeitete länger für mich.

Kaum hatte die Psychologin die Tür zwischen meiner Mutter im Warteraum und uns beiden im Steinemuseum geschlossen, legte ich los. »Was soll ich hier? Das ist *mein* Körper, ich allein darf darüber bestimmen, und keiner hat das Recht, mich …«

»Moment bitte!«, sagte die Frau.

»Das ist hier total sinnlos. Ich will …«, machte ich weiter.

»Ich weiß, was du willst. Aber stopp jetzt!«

Ich stutzte.

Sie hatte mich zweimal unterbrochen.

Ich dachte immer, bei einer Psychologin kann man sich alles von der Seele reden. Das, was einem durch den Kopf geht, darf man rausbrüllen, ohne Punkt und Komma.

Klassischer Irrtum nach zu viel Netflixen.

Und vermutlich nicht einmal der einzige.

Nach zwei Schluck vom Kamillentee, von dem ich nichts wollte, machte die Psychologin endlich weiter. »Also, Alina, bevor wir miteinander reden, muss ich etwas klarstellen. Wir können eine Therapie machen, gern sogar. Die Uhrzeit passt?«

Ich schaute zur Tür, hinter der meine Mutter saß. Doch was sollte sie gegen diese Uhrzeit haben? Also nickte ich der Psychologin zu. Obwohl die Frage für mich gar nicht war, ob die Uhrzeit passte, sondern so eine Therapie generell.

»Gut, dann bleibt es bei 17 Uhr«, sagte die Psychologin und notierte etwas in ein Buch. »Also, folgender Punkt ist für mich ganz wichtig: Ich mache mit dir keine Sterbebegleitung. Verstanden?«

Keine Sterbebegleitung.

Ich starrte sie sprachlos an, und wer mich kennt, der weiß, das geschieht äußerst selten, denn eigentlich fällt mir immer was ein.

»Keine Sterbebegleitung!«, wiederholte sie. »Du hast zweimal versucht, dich zu töten. Richtig?«

»Ja.«

»Und warum zweimal?«

»Vielleicht war ich nicht gut genug darin? Nicht mal das kriege ich hin!«

»Vielleicht kriegst du es nicht hin, weil du es nicht möchtest.«

Dazu schwieg ich erst einmal eine Runde.

»Und da du eigentlich gar nicht sterben willst, versuchst du jetzt mal zu leben. Ist manchmal schwieriger und kann auch weh tun, ich weiß. Doch deswegen bist du hier.«

Über ihr *hier* musste ich komischerweise nachdenken. Meinte sie *hier* in ihrer Praxis für Psychotherapie oder *hier* insgesamt, also auf der Welt? Andererseits spielte es keine Rolle, ob das jetzt von ihr eher pragmatisch oder philosophisch gemeint war.

»Sind wir uns einig?«, fragte die Psychologin.

Irgendwie waren mir die Argumente ausgegangen und auch die Luft und die restliche Energie in meinem Körper sowieso. Ich sackte zusammen, als hätte mir jemand den Stecker gezogen. Überall sah ich schwarze Flecken im Raum, der sich plötzlich auch noch um mich drehte.

Ohne zu fragen legte ich mich auf das rote Sofa, das sicher nicht rein zufällig direkt neben meinem Sessel stand. Oder war es die Psychologin gewesen, die mich dorthin führte? Ich bekomme es nicht mehr zusammen.

Auf diesem Sofa liegend, sagte ich zu allem ja, ohne das Kleingedruckte zu hören, was eigentlich nie eine gute Idee ist.

Erst einmal sollte ich für einige Wochen in die Akutstation, die Psychiatrie. Erst dann könnte die wöchentliche Therapie zur vereinbarten Zeit beginnen.

Ich war laut der Psychologin in einem *zu schlechten Zustand* und *immer noch gefährdet*. Beide Punkte waren übrigens vollkommen zutreffend.

Die Psychologin konnte mich nicht bei sich einziehen lassen und mir von früh bis spät Kamillentee kochen und aufpassen.

Das leuchtete mir alles ein.

Daher lautete unsere Vereinbarung, die sie sogar schriftlich festhielt und die ich unterschreiben musste: erst die Psychiatrie, dann die Therapie, und diese Therapie ist keine Sterbebegleitung.

Außerdem musste ich ausdrücklich versichern, keinen Suizidversuch mehr zu unternehmen, was zugegeben etwas seltsam war, weil mir doch im Fall der Fälle jeder Vertrag egal sein würde.

So stehe ich nun in meiner dritten Woche vor dem Eingang der Psychiatrie.

Die Ausgangszeit endet in drei Minuten und dreißig Sekunden.

In diesem grauen Betonklotz bin ich also *untergebracht*.

Meine Mutter wischt sich die Augen mit ihrem Pullover trocken, ich versuche sie mit einem Lächeln aufzumuntern, obwohl ich es doch bin, die gleich wieder eingeschlossen ist.

Meine Mutter lebt in Freiheit weiter, darf entscheiden, was sie morgen zu Mittag essen möchte, wen sie nach der Arbeit sehen will und wann sie einschlafen mag.

Mich wird in drei Minuten und zehn Sekunden ein Plan für jeden Lebensbereich erwarten: Essensplan, Medikamentenplan, Aktivitätenplan, Einschlaf- und Aufwachplan.

Ich verstehe das Prinzip schon: Wer beschäftigt ist, kommt nicht auf dumme Gedanken, soweit die Theorie von Prof. Dr. Dr. Soundso, vermute ich.

Meine Mutter zieht ihr Handy aus dem Mantel. »Du musst rein Alinaschäääätz… Alina. Ich rufe jetzt an, okay?«

Sie muss anrufen, damit mich jemand vom Personal abholt. Das ist Vorschrift für die schweren Fälle wie mich, damit ich nach der Verabschiedung nicht doch noch abhaue, obwohl ich keine Ahnung hätte, wohin überhaupt.

Ich nicke meiner Mutter zu und lächele, so haben wir das vereinbart.

An den ersten Ausgangstagen erdrückte sie mich fast, also jetzt nicht metaphorisch, sondern in echt. Meine Mutter konnte mich einfach nicht mehr loslassen, und am Ende heulten wir beide nur noch.

Diese peinliche Vorstellung wollten wir vermeiden und einigten uns auf ein wenig mehr Distanz und auf folgenden Ablauf: Den Abschiedskuss gibt es zu Hause, die Umarmung auf dem Parkplatz im Auto. Vor der Psychiatrie ist es nur noch ein nettes Zunicken und ein warmes Zulächeln. Fertig.

»Alina ist da«, spricht meine Mutter ins Handy.

Das wäre geschafft.

Jetzt steht mir nur noch der Abschied von Madonna bevor. Das mir der weitaus schwerer fällt, kann ich meiner Mutter ja nicht sagen. Meine Mutter und ich kennen uns seit fünfzehn Jahren, Madonna und ich erst seit drei.

Madonna schaut mich mit ihren riesigen braunen Kulleraugen an und schnurrt. Sie hat sich in meine Arme gekuschelt und holt sich an Nähe, was sie braucht, um sich wohlzufühlen.

»Bis bald«, sage ich und küsse sie auf die feuchte Nase.

Ich fand früher Menschen, die Tiere küssen, immer pervers, bis diese Katze vor meinem Zimmerfenster saß und ihr sepiafarbenes Köpfchen mit den schwarzen Flecken gegen die Scheibe drückte.

Das arme Ding miaute so penetrant lange, bis es rein durfte. Ich gab der Katze Wasser und Dosenthunfisch, und mehr brauchte sie nicht, um mich als ihre künftige Besitzerin auszuwählen. Ein Halsband trug sie nicht, und niemand in der Nachbarschaft hängte einen Zettel mit ihrem Foto auf.

Ich nahm die satte und friedliche Katze in den Arm und folgte den schrägen Tönen, die in unserem Wohnzimmer zu hören waren.

Meine Mutter hörte Madonna im Radio und sang furchtbar falsch »Time goes by so slowly«.

Ich beeilte mich, das Fenster zu schließen. »Mama, die armen Nachbarn!«

Meine Mutter entdeckte beim dritten »so slowly« die Katze und schaltete das Radio aus. »Oh nein, bitte nicht.«

»Immerhin ist es kein Hund«, sagte ich.

»Den hattest du vor zwei Wochen angeschleppt, richtig.«

»Der war nur ausgeliehen.«

»Das sah sein Herrchen anders.«

»Der Typ hatte die Leine an einem Fahrradständer befestigt! Der Tierquäler! Ich dachte, der hätte den armen Kleinen aufgegeben.«

»Wie sich herausstellte, war er aber nur im Supermarkt einkaufen.«

»Trotzdem Tierquäler.«

»Egal jetzt. Und was ist das?«, fragte meine Mutter, als hielte ich einen abgestürzten Außerirdischen im Arm.

»Darf ich vorstellen«, sagte ich, und die Katze miaute, was wie ein krasser Zufall klingt, doch genau bei dieser Katzenart, wie ich später auf einer Katzenseite las, total häufig vorkommt, also diese hochkommunikative Art. »Das ist Madonna. Unsere Katze.«

»Ach, Alinchen.«

Mehr sagte meine Mutter nicht, und somit war die Sache klar, und sie duldete unsere neue Mitbewohnerin. Schließlich sah sie mich glücklich, und das kommt seit Jahren nicht allzu oft vor.

Mit dem Katzennamen konnte sich meine Mutter schnell arrangieren. Mir fiel auf die Schnelle nichts Besseres ein, und ich bin einfach nur froh, dass nicht gerade Helene Fischer im Radio lief.

In die Psychiatrie darf Madonna natürlich nicht, und deswegen kraule ich ihr noch einmal die Ohren. Sie drückt ihren Kopf so kräftig sie kann gegen meine Finger, und dann übergebe ich sie meiner Mutter.

Auf der anderen Straßenseite sehe ich Justin, wie er eine Bierdose austrinkt und in den Mülleimer wirft. Er hat keinen Suizid versucht wie ich, sondern ließ sich vorher einweisen. Er wusste nicht, wohin mit sich, verletzte erst andere, dann sich selbst.

Justin ist allein, er braucht keinen Begleitschutz, und winkt mir mit beiden Armen zu, als hätten wir uns seit einer Woche nicht mehr gesehen. Dabei saßen wir uns beim Mittagessen noch gegenüber und rätselten, ob das in der Linsensuppe Würstchen oder die abgeschnittenen Finger des Kantinenpersonals waren.

Ich will ins Gebäude, bevor Justin uns erreicht, weil es mit ihm schnell peinlich wird. Doch die Tür geht noch nicht auf. Manchmal dauert es eben, weil die Leute da drinnen vierzig Sachen gleichzeitig machen müssen, mindestens eine von ihnen Corona hat, einer auf Fortbildung ist und die Dingsstelle immer noch unbesetzt ist, weil niemand den Job mit uns machen will.

Was ich im Übrigen sehr gut verstehen kann.

Justin wirft sich ein grünes Fisherman's ein und zerkaut es sofort. Doch seine Alkoholfahne ist stärker. Das Bier eben war definitiv nicht das einzige, was er sich in der Ausgangszeit gegeben hat.

Justin streicht Madonna über die Pfoten, weil er einfach keine Ahnung von Katzen hat, und klatscht meine Hand ab. »Alina, schön, dass du noch lebst.«

»Das finde ich auch«, sagt meine Mutter.

Sie hat sich an unsere Suizidsprüche gewöhnt – im Vergleich zu den Suizidwitzen, die wir zum Leidwesen des Personals auf Station machen, ist das alles noch harmlos.

Reifen quietschen, und Katha springt aus einem roten E-Porsche.

Katha ist wie Justin in meiner Gruppe und heißt eigentlich Katharina. Da sie aber keinen Satz zu Ende bringt, schenkten wir uns irgendwann auch bei ihrem Namen das *rina*-Ende.

Katha fand es lustig, zumindest im bekifften Zustand, doch das ist ein Thema für später.

»Hast du mich vermisst?«, fragt Justin und blickt Katha mit einem Hundeblick an, vor dem Madonna fast Angst bekommt.

»Total, ich hab auch gedacht …«, fängt Katha an und hört wie immer wieder auf.

»Also, ich hab euch beide Bekloppten auch vermisst«, sagt Justin zu uns.

Keiner regt sich über seine Wortwahl auf, denn wir sind die *Bekloppten*, und das ist die *Klapse*.

Meine Mutter schweigt, sie hat sich auch an unser Vokabular gewöhnt, und Madonna ist es sowieso egal.

Katha klatscht Justin ab. »War jetzt nicht so nett von dir, aber …«

»Aber Rhabarber«, ergänzt Justin, denn Katha wird ihren Satz die nächsten vierzig Jahre nicht zu Ende bringen.

Endlich schiebt sich langsam und mechanisch die Klapsentür auf. Herr Doktor hat Dienst, dann kann der Restabend anstrengend werden.

Justin und Katha gehen rein, ich bin auch schon fast an der Tür, da höre ich die schnellen Schritte von dem, der noch fehlt in unserer Gruppe.

Ich dachte, er wäre schon längst vor uns zurück gewesen und würde im Aufenthaltsraum auf uns warten. Er kommt sonst nie zu spät, eher viel zu früh.

Pünktlich, würde er dazu sagen, wobei für mich Leute, die fünfzehn Minuten zu früh an einem Ort sind, auch unpünktlich sind.

Im Gegensatz zu Katha bringt er jeden Satz zu Ende, auch wenn es ein verschachtelter Gedanke mit fünf eingefügten Nebensätzen ist. Außerdem ist er ein wandelndes Lexikon, ein allwissender Dauerredner und der Einzige auf Station, der sich außer mir wirklich mit Katzen auskennt.

Und nun das alles Entscheidende, das ihn zum Einzigartigen aller Einzigartigen macht: Er raucht das beste Gras von uns allen.

»Spät dran«, sagt meine Mutter, die seiner Mutter vorsichtig die Hand reicht, damit Madonna nicht von der Bühne fällt.

»Ein Unfall, keine fünf Minuten von hier«, sagt seine Mutter. »Wir steckten im Stau.«

»Alinaschätz…, Alina«, fängt meine schon wieder an.

Seine Mutter umarmt meine und niest dreimal hintereinander, kein Corona, sondern Madonna ist schuld daran.

Sie nickt ihrem Sohn zum Abschied zu.

Der streichelt Madonna den Kopf und deutet eine Verbeugung an. »Hallo, Alina!«

»Hi, Jesus«, sage ich.

ELFTES GEBOT:
DU SOLLST VATER UND MUTTER NERVEN

After seven days he was quite tired,
so God said: »Let there be a day.
Just for picnics with wine and bread.«

Crash Test Dummies, *God Shuffled His Feet*

JESUS (DAMALS NOCH PAUL)

Drei Jahre zuvor

Meine Mutter verschränkt die Arme ineinander und schüttelt den Kopf. In jedem Film würde der Regisseur an dieser Stelle verzweifelt *Cut!* schreien. Das sieht viel zu künstlich aus, zu gespielt, zu unecht. *Noch einmal bitte, Achtung! Und Action!*

Doch das sind keine Dreharbeiten für ein Drama, sondern das ist mein echtes und einziges Leben – wenn auch das gleiche Genre: ein Drama.

Und kaum habe ich den Gedanken zu Ende geführt, rollt meine Mutter auch noch mit den Augen. Arme, Kopf, Augen, alles ist in Bewegung, mehr Drama ist wirklich nicht möglich.

Meine Mutter spricht lauter als in den letzten dreißig Minuten. »Paul, bitte, wir sind im Urlaub. Können wir vielleicht über etwas anderes reden?«

Ich schiebe mir das letzte Stück Salamipizza in den Mund, schaue auf den Sandstrand voller Sonnenschirme und antworte kauend: »Können wir gern. Dann akzeptierst du hiermit meine Bitte, aus der Kirche austreten zu dürfen?«

»Nein!«, sagt meine Mutter in etwa dreihundertfünfzig Prozent der Lautstärke, die ich sonst von ihr kenne. Sie stellt in Zeitlupe ihr Saftglas auf den Tisch. »Das wirst du nicht!«

Die drei deutschen Rentnerinnen vom Nachbartisch schauen neugierig zu uns, mein Vater blickt von seinem Handy auf, während meine zwei kleinen Schwestern Sofie und Lena ihre Mutter überrascht anstarren. Sie ist selten so laut.

Nur der Kellner interessiert sich nicht für unsere Vorstellung. Wir sind auf Sizilien, und die Italiener hier sprechen fast die ganze Zeit so, wie wir uns streiten, nur streiten die sich nicht so richtig.

»Kirchenaustritt?«, fragt mein Vater. »Ging es bis eben nicht noch um deine Konfirmation?«

Ich trinke die Cola leer und nicke zustimmend. »Doch, doch, aber da wusste ich noch nicht, wie intensiv das Gespräch mit Mama wird. Wenn ich austrete, dann sparen wir uns die komplette Diskussion beim nächsten Mal, dann ist das hiermit und heute final entschieden.«

»Paul, was heißt *final*?«, fragt Sofie, und Lena zieht sie am Kleid weg vom Tisch zum Strand. Keine schlechte Idee, bei uns wird es gleich sicher noch lauter.

Das Telefon meines Vaters klingelt, er geht ran, nennt nur seinen Nachnamen, springt auf und entfernt sich ein paar Schritte.

Meine Mutter beugt sich zu mir und nimmt meine Hand. »Können wir bitte zu Hause weiter darüber sprechen und nicht hier?«

»Zu Hause ist es zu spät, da erwartet mich der Konfi-Unterricht, jede Woche, eineinhalb Stunden Propaganda für hirnlose …«

»Du warst doch schon sechs Mal da. Luca und Sarah aus deiner alten Grundschule, die sind doch auch in der Gruppe und …«

»Das war vor einem halben Jahrhundert! Triffst du dich etwa noch mit deinen alten Grundschulfreunden?«

Sie schaut mich vorwurfsvoll an. »Das würde ich genau jetzt liebend gern machen, viel lieber, als hier mit dir über …«

»… sehr witzig, Mama. Also, wie bei der Grundschule handelt es sich beim Konfi-Unterricht um eine zufällig zusammengewürfelte Schicksalsgemeinschaft mit einem entscheidenden Unterschied: Schule ist eine staatliche Zwangsmaßnahme, der Konfi-Unterricht nicht. Ich muss mich nicht konfirmieren lassen, und kein Gesetz der Welt verpflichtet euch dazu, mich dazu zu zwingen.«

»Und doch sind Luca und Sarah jede Woche dort und …«

»… zocken Fortnite unter dem Tisch beziehungsweise bekommen für jedes Konfi-Treffen zwanzig Euro von den Eltern.«

»Luca bekommt dafür Geld von seinen Eltern?«, fragt meine Mutter ziemlich schockiert.

»Nein, Sarah kassiert die Kohle, Luca ist der, der zockt.«

Meine Mutter blickt zu meinem Vater, der sich zum Telefonieren an einen leeren Nachbartisch gesetzt hat. Das kann also länger dauern, und sie muss das hier mit mir allein durchstehen. Herzlichen Glückwunsch!

»Würdest du auch für zwanzig Euro den Konfi-Unterricht besuchen?«

»Zwanzig Euro pro Termin, so wie bei Sarah?« Ich breite beide Arme aus und lächele meiner Mutter zu. »Natürlich!«

»Und du wirst dann kein Theater mehr veranstalten, es gibt keine Diskussionen? Du besuchst die restlichen Stunden und lässt dich konfirmieren?«

»Klar.«

Meine Mutter schaut ratlos auf den Tisch, sie sortiert ihre Gedanken, und es rattert, keine Frage. Sie ist gläubig, und für sie muss diese Vorstellung furchtbar sein: Der eigene Sohn glaubt nur gegen Bezahlung an Gott.

Andererseits ist es auch kein großes Geheimnis, dass fast alle die Konfirmation nur deswegen machen, weil es da sogar noch mehr Geschenke gibt als zum Geburtstag. Die Konfi steht quasi zwischen Geburtstagsparty und dem Weihnachtsexzess.

Meine Mutter nippt an ihrem Saft, schaut noch einmal zu meinem Vater, der inzwischen sein Tablet ausgepackt hat, um das Gespräch mit dem Anrufer in tiefere Sphären zu lotsen.

»Das kann ich nicht machen«, sagt meine Mutter. »Dafür bekommst du kein Geld. Ich weiß nicht, was sich Sarahs Eltern dabei denken, aber das geht für mich überhaupt nicht in Ordnung.«

»War auch nur ein Witz.«

»Sarah bekommt kein Geld?«

»Natürlich nicht. Ich wollte nur sehen, wie weit dich das System Kirche schon korrumpiert hat.«

Meine Mutter schaut zu Lena und Sofie, die eine an Land gespülte Qualle inspizieren.

»Nicht anfassen!«, ruft meine Mutter und spricht dann ziemlich leise mit mir weiter. »Können wir zwei vielleicht eine Pause machen mit dem Thema?«

»Klar«, sage ich und greife in meine Umhängetasche.

Kurz scheint meine Mutter zu hoffen, dass ich wirklich meine Nintendo Switch heraushole und ich sie für ein paar Stunden ihren Sizilientraum leben lasse. Doch nie war ich meinem Ziel näher als heute. Also hole ich das dicke Buch heraus und knalle es auf den Tisch.

Die Rentnerinnen sind schon fort, und der Kellner rollt ein Verlängerungskabel für meinen Vater auf, der offenbar sofort einen Akku-Notstand überbrücken muss, weil sonst der deutsche Aktienindex unmittelbar in ein historisches Jahrestief rauschen würde.

So ein Glück, das mit dem Kellner und dem Strom, jetzt hätte mein Vater fast noch Urlaub mit seinen Kindern machen müssen.

Meine Mutter betrachtet ungläubig (ja, mir ist der Wortwitz durchaus bewusst an der Stelle) mein Buch mit den 1536 Seiten. »Die Bibel? Du hast eine Bibel eingepackt?«

»Nicht irgendeine, sondern die einzig wahre Lutherbibel, vollständig revidiert und so nah an Luthers kraftvoller Sprache wie nie zuvor. Wissenschaftlich überprüft, natürlich.«

So oder so ähnlich stand es in dem Werbetext bei Amazon.

»Und wieso hast du die dabei, wenn du eigentlich austreten willst?«

Meine Mutter will die Bibel zu sich ziehen, doch ich bin schneller und klappe sie auf. »Weil ich mit dir über ein paar Textstellen reden muss, Mama.«

»Muss das jetzt ...«

»Ja.«

»Solche Textstellen kannst du nicht einfach so aus dem Zusammenhang reißen. Genau das lernst du auch beim Konfi-Unterricht und ...«

»Drittes Buch Moses, Kapitel 20, da geht es ganz schön

zur Sache. Morde am laufenden Band, hier, da sollen Wahrsager getötet werden, Ehebrecher ...

»... das war eine andere Zeit, das kann man heute nicht so ...«

»Und diese fiesen Steinigungen immer!«

»Paul, bitte ...«

»... und schau mal hier, Vers 13: *Wenn jemand bei einem Manne schläft wie bei einer Frau, so haben sie beide getan, was ein Gräuel ist, und sollen des Todes sterben; ihre Blutschuld komme über sie.*«

Ich versuche so entsetzt wie möglich meine Mutter anzusehen, so, als hätte sie mir persönlich einen Korb mit Steinen überreicht. »Und daran glaubst du?«

»In der evangelischen Kirche werden Homosexuelle getraut, schon mal davon gehört?« Sie zeigt mit einem Finger zum Strand. »Willst du vielleicht baden?«

Sofie und Lena buddeln mit ihren gelben Plastikschaufeln ein Grab für die tote Qualle.

»Nicht anfassen«, ruft ihnen meine Mutter schon wieder zu.

»Ist nur eine Lungenqualle«, sage ich.

»Wie schön. Und willst du jetzt ins Wasser?«

»Nein, danke«, sage ich. »Ich werde später über das Meer gehen, dabei wird man nicht so nass.«

»Können wir bitte *einmal* über Religion sprechen, ohne dass du dich lustig darüber machst?«

»Ich zitiere Primärquellen, mehr mache ich doch gar nicht.«

»Du willst das jetzt echt den ganzen Urlaub durchziehen?«

»Was?«

»Diese Gespräche.«

Statt einer Antwort suche ich ein griffiges Bibelzitat, und das dauert nicht lange. »Hier, auch recht kraftvoll in der Sprache, da soll für den lieben Herrn ein ganzer Volksstamm abgeschlachtet werden, erstes Buch Samuel, Kapitel 15, Vers 1 bis 11, oder warte, machen wir mal zur Zusammenfassung nur Vers 3. Wir wollen ja noch Urlaub machen, während in anderen Ländern Menschen im Namen Gottes massakriert werden, also, warte hier, noch einmal ein Auszug aus der Primärquelle: … *töte Mann und Frau, Kinder und Säuglinge, Rinder und Schafe, Kamele und Esel.*«

»Ist dir schon mal aufgefallen, dass du immer nur aus dem Alten Testament zitierst?«, fragt meine Mutter.

»Ist dir schon mal aufgefallen, dass die Reihenfolge in diesem Vers ziemlich interessant ist? Auf Platz eins kommt der Mann, natürlich, wer sonst, den hat Gott ja auch zuerst erschaffen. Auf Platz acht tauchen erst die störrischen Esel auf. Säuglinge haben es auf den vierten Platz geschafft, gerade noch so vor den Rindviechern.«

»Will jemand Nachspeise?«, ruft mein Vater, das Handy klemmt noch zwischen Kopf und Schulter, der Kellner hat eine Karte mit Desserts vor ihm aufgebaut.

Sofie und Lena hören ihn nicht und bohren ein selbst gebasteltes Kreuz aus alten Eisstielen in das Quallengrab.

»Wir haben noch Eis im Kühlschrank«, sagt meine Mutter und schaut wieder zu mir. »Diese Bibelstellen, die musst du im Kontext sehen, das liest sich heute alles anders, es sind ja auch oft Gleichnisse und …«

»Also, wenn das totaler Quatsch ist, der da im Alten Testament steht, wieso ist dann das Alte Testament noch in dieser frisch gedruckten Bibel hier abgedruckt, die ich für den Konfi-Unterricht lesen soll?«

»Für euch auch Tiramisu?«, ruft uns mein Vater zu.

»Nein«, sagt meine Mutter. »Wir haben noch Eis im …«

»Doch, doch, zweimal, ich übernehme deine Portion, Mama.«

»Was denn nun?«, will mein Vater wissen.

»Bestell jetzt einfach!«, sagt meine Mutter.

»Ja, ja, entspannend, so ein Urlaub«, flüstert mein Vater. Aber er ist nicht leise genug, und meine Mutter dreht sich zu ihm. »Wieso nennst du das Urlaub, wenn du dauernd arbeitest?«

»Wo waren wir?«, frage ich.

»Beim Alten Testament«, sagt sie wieder zu mir.

»Genau. Da hätten wir doch für den Konfi-Unterricht gleich nur das Neue Testament bestellen können, das spart auch Papier und ist besser für das Klima. Aber nein, es musste schon das ganze Propaganda-Paket sein.«

»Hörst du bitte auf, ständig von Propaganda zu sprechen.«

»Dann nehmen wir halt mal das Neue Testament zur Hand. Obwohl das schon komisch ist, gibt es jetzt etwa zwei Götter, den bösen Alttestament-Gott und den lieben Neutestament-Gott, oder waren es halt doch nur Menschen, die den ganzen Irrsinn erfunden …«

»Paul, bitte.«

»… okay … die den ganzen Verszauber gedichtet haben? Wobei – es reimt sich ja nicht mal.«

Der Kellner stellt erst meiner Mutter (»Per la signora!«), dann mir (»Per il giovane!«) einen Teller mit Tiramisu auf den Tisch.

»Grazie«, sagen wir beide gleichzeitig.

Wortlos schiebt mir meine Mutter ihre Portion zu. Sie lächelt etwas und hat offenbar wieder Mut gefasst. »Und was ist jetzt mit dem Neuen Testament? Deine Argumente? Komm schon. Bringen wir es hinter uns.«

»Warte mal, Neues Testament …«

Ich tue so, als müsste ich ernsthaft überlegen. »Das ist doch der Teil der Bibel mit den revolutionären medizinischen Erkenntnissen, oder? Dieser Teil, in dem Maria ohne Fortpflanzungsaktivitäten schwanger geworden ist, richtig?«

Meine Mutter zieht den Tiramisu-Teller wieder zu sich.

»Hey, das ist Erpressung!«, rufe ich.

»Komm schon, jetzt mach mal weiter, also, zum Neuen Testament, was stimmt da für dich nicht? Die Nächstenliebe ist dort …«

»Stimmt natürlich!« Ich blättere zu einem der roten Klebezettel weiter hinten im Buch.

»Die unfassbare Nächstenliebe und dann diese grenzenlose Toleranz anderen Menschen gegenüber, geradezu fortschrittlich in den düsteren Zeiten damals voller Mord- und Totschlag. Also hier, Markus-Evangelium, Kapitel 16, Vers 16: *Wer da glaubt und getauft wird, der wird selig werden; wer aber nicht glaubt, der wird verdammt werden.*«

Das *Verdammt* spreche ich etwas zu düster und kräftig aus, aber es ist ja auch keine schöne Sache.

Meine Mutter schaut auf mein Buch. »Das steht da wirklich?«

»Ich hab es nicht erfunden. Nur die Getauften sind die Guten.«

»Zeig mal her.«

Ich schiebe mein Buch rüber, und meine Mutter liest, nicht nur diesen Vers, sondern sie blättert sich gewissenhaft von Klebezettel zu Klebezettel.

Erst als mir vom vielen Tiramisu schlecht ist, schaut sie mich wieder an und dann meinen Vater. Der hat uns offenbar die ganze Zeit mit einem Ohr zugehört, schiebt beide Schultern hoch, woraufhin das eingeklemmte Handy fast auf den Boden fällt.

Ich vermute, er will seiner Frau damit sagen: *Entscheide du, mir ist es inzwischen auch egal.*

Meine Mutter schiebt mir die Bibel zu, als wäre das Ding ein Backstein. »Um Himmels willen! Aber du schreibst dem Pfarrer einen Brief. Du erklärst dich persönlich und meldest dich ab. Einverstanden?«

»Hast du extra um *Himmels willen* gesagt, um mich zu provozieren?«

Meine Mutter weiß nicht, was sie darauf noch sagen soll. Ich winke ab. »Egal. Schönen Urlaub auf der Insel!«

Kurz versuche ich mein Grinsen zu verbergen, was mir nicht gelingt, also verschwinde ich lieber schnell zu Lena und Sofie an den Strand.

»Bin ich zu spät für die Beerdigung?«

Lena antwortet in ihrem Jammerton. »Sofie hat gesagt, die Qualle hat noch gelebt.«

»Hab ich nicht!«, sagt Sofie.

»Hast du doch!«

»So gewackelt hat sie, nur gewackelt.«

Wir blicken zu dritt auf den Sandberg. Diese Qualle wird jetzt nicht mehr auferstehen, so viel ist sicher.

»Soll ich noch eine Trauerrede halten?«, frage ich.

»Beten, vielleicht?«, schlägt Sofie vor. »Beten wie bei Oma.«

Ich nicke beiden ernst zu. »Ja, so machen wir das.«

Wir falten unsere Hände, und ich fange an: »Liebe Trauergemeinde, wir haben uns heute hier am sizilianischen Strand versammelt, um den tragischen Verlust eines guten Freundes und …«

»Paul«, ruft meine Mutter. »Wolltest du nicht über das Meer gehen?«

Sofie schaut Lena verwirrt an.

»Gleich … ja, ja. Das kommt noch. Also, liebe Trauergemeinde, unser Freund, die Qualle, wird nach einem langen und erfüllten, aber nicht immer einfachen Leben im pestizidverschmutzten Mittelmeer …«

»Was für ein Meer?«, fragt Sofie.

»… nun zu dir kommen. Lieber Quallengott, wir hoffen, du nimmst diese Seele ins Himmelreich auf und …«

»Ein Katzenbaby!«, schreit Lena und rennt davon.

Sofie entdeckt das süße Tierchen auch, schaut mich kurz an, und als ich ihr zunicke, stürmt sie unserer Schwester hinterher.

»Amen«, sage ich und überlege, den beiden zu folgen.

Ich liebe Katzen.

KRISENRAUSCH ZWEI

Where is my mind?
Way out in the water.
See it swimming.

Pixies, *Where Is My Mind*

JESUS

Drei Jahre später

Ich streichle Madonna am Kopf, und weil sie extrem kommunikativ ist, bedankt sie sich mit einem kräftigen *Miau.* Typisch Bengalkatze eben.

Justin und Katha sind schon in der Klapse verschwunden. Nur Alina, unsere Mütter und ich stehen noch vor der offenen Tür.

»Ähm ... Paul? Alina? Kommt ihr bitte?«

Ach so, stimmt, Herr Doktor steht auch noch da, und er versucht, nicht allzu streng zu schauen, was ihm nicht leicht fällt, weil ihm total viel daran liegt, dass wir uns an alle hunderttausend Regeln halten.

Pünktlich zu sein ist eine davon, und das sind wir seit zwei Minuten nicht mehr.

Madonna miaut noch einmal, und ich massiere ihr zum Abschied die Ohren.

Alinas Mutter will etwas sagen, kommt aber nicht über das »Alinaschätz... Alina« hinaus, ihre Stimme bricht, und wir wissen alle, was gleich geschieht.

Meine Mutter umschließt deswegen mit einem Arm die Schultern von Alinas Mutter und niest.

Das ist das letzte Bild, das ich heute von der Freiheit mit in die Klapse nehme: Meine tröstende und niesende Mama, Alinas weinende Mutter und die alle vier Pfoten von sich streckende Madonna.

Die Ausgangszeit ist vorbei, und ich bin froh darüber. Denn ich halte die Stunden draußen kaum aus. Beim ersten Ausgang brachte mich meine Mutter noch nach Hause, doch das funktionierte nicht.

Zu Hause behandelten sie mich wie einen Kranken, was ich mit meiner Depression auch bin, aber was ich nicht sein will. Doch das allein macht einen ja leider nicht gesund.

Meine kleinen Schwestern dachten sich, nur weil ich zurück bin für ein paar Stunden, geht es mir gut, fühle ich mich wohl, bin ich wieder der spielfreudige große Bruder. Doch ich regte mich nur über alles auf.

Dass sie ohne mich zu fragen mit meiner Nintendo spielten.

Dass sie in meinem Zimmer auf dem Bett hüpften.

Dass meine Mangas falsch einsortiert waren.

Obwohl mir das alles immer egal war – auf einmal wollte ich meine miese Laune an Lena und Sofie auslassen.

An diesem ersten Ausgangstag zu Hause, da versuchte mein Vater, ein Gespräch anzufangen über Sachen, die mich vor ein paar Monaten noch brennend interessiert hätten, die japanische Kultur zum Beispiel oder die Biographie von David Bowie.

Um den Gesprächsverlauf ultimativ zu optimieren, verknüpfte mein Vater in seinem Versuch beides: Bowie und Japan.

Es entwickelte sich zu unserem typischen Vater-Sohn-Battle.

Mein Vater: »Ich hab gelesen, dass Bowie für seine Shows auch so eine Art japanische Pantomime verwendet hat. Hast du davon in Japan gehört?«

Ich: »Stand das auf Wikipedia oder woher hast du das? Kabuki heißt das auf Japanisch. Das kam alles von seinem Freund Lindsay Kemp und war in den Siebzigern. Und hey, fünfzig Jahre später hast du davon gehört. Immerhin.«

Ich wollte ihn so wenig verletzen wie meine Schwestern, aber es ging nicht anders.

Ich meine, ich bin immer ziemlich klar und direkt, wer mit mir viel Zeit verbringt, weiß, wie ich es meine. Aber nun bleibe ich total ernst, wenn ich so etwas sage. Ich bekomme kein Lachen mehr heraus, nur noch so ein fieses Grinsen, und das tut auch schon weh.

»Können wir einfach im Auto bleiben?«, fragte ich deswegen meine Mutter heute.

Ich wollte nicht noch einmal nach Hause.

»Lena, Sofie und Papa warten aber auf dich.«

»Bitte, Mama.«

»Willst du es nicht wenigstens versuchen?«

»Haben wir schon versucht. Hat nicht geklappt.«

Meine Mutter wartete noch ein paar Sekunden und rief zu Hause an. Ich vermutete, meine Schwestern und mein Vater waren nicht wirklich traurig darüber. In meinem Zustand bin ich für alle eine Zumutung.

Nach dem kurzen Gespräch schaltete meine Mutter den Motor an. »Dann fahren wir aber irgendwo hin, okay? Wir bleiben nicht hier vor der Klinik.«

»Aber wir bleiben im Auto.«

»Abgemacht.«

»Danke.«

»Wohin soll ich fahren?«

»Zum Stadtwald, lass uns da hinfahren.«

»Hast du keinen Hunger?«, fragte meine Mutter, und

sie zählte nicht auf, was sie sicher zu Hause alles für mich gekocht hatte, was jetzt kalt werden würde.

Sie sah, wie es mir ging, und das Letzte, was ich brauchte, war noch ein schlechtes Gewissen, weil ich das von ihr gekochte Essen verschmähte.

»Bestünde die Möglichkeit, eine Pizza zu organisieren?«

»Die bestünde durchaus«, sagte meine Mutter und rief beim Italiener an.

Fünfundzwanzig Minuten später parkten wir auf dem Waldparkplatz, der Regen trommelte auf das Autodach, und außer uns beiden hatte offenbar keiner das Bedürfnis nach Wald. Zumindest waren wir die Einzigen hier.

Meine Mutter schaltete den Motor aus und öffnete das Fenster auf ihrer Seite einen Spalt. Ich wollte keine Waldluft und machte mich sofort über die Salamipizza her.

»Du hast noch gar nicht nach deinem Handy gefragt.«

»Wo ist mein Handy?«

»Liegt da vorne in deinem Rucksack.«

Ich legte das angebissene Stück Pizza zurück in den Karton und zog mein Handy raus, schaltete es ein und wollte nicht wissen, wer mich die letzten Tage angerufen oder mir etwas zugeschickt hatte. Ich interessierte mich für niemanden mehr, scrollte nur durch meine Playlist.

Die anderen leben ihr Leben, und ich sterbe mein Sterben, so fühlte sich das an gerade.

»Wer hat dir so geschrieben?«, fragte meine Mutter und nahm sich ein Stück Pizza.

»Keine Ahnung.«

Ich suchte nach einem Song, der hier in den Wald passte, genau zu diesem Moment. Und mir fiel nichts ein, was wirklich beunruhigend war, mit guten Songs kannte ich mich aus, wieso konnte ich jetzt nicht einmal das mehr?

Justin hatte sein Handy in die Klapse geschmuggelt und hört seither ständig und natürlich heimlich Trailerpark. *Koks auf Hawaii* und andere höchst anspruchsvolle Sachen. Ich könnte mir das unbekifft gar nicht anhören, und Gras gibt es natürlich nicht auf Station. Keine Ahnung, wie Justin Trailerpark trotzdem aushält.

Alina ist unser Rammstein-Fan, doch ihr unter dem Bett verstecktes Handy wurde zum zweiten Mal konfisziert. Seither ist Alina ihre eigene Band und singt *Amerika* und *Haifisch* hoch und runter. Nur dass Alina kein »r« rollen kann, wird ihr zum Verhängnis, und das mit dem Rammstein-Singen ist dann ohne »rrrrrr« natürlich eher so suboptimal.

Meine Mutter klopfte auf die Pizzaschachtel. »Bitte, du hast kaum was gegessen.«

»Hat vorzüglich geschmeckt, echt, bin aber satt.«

»Ein Stück noch? Du siehst total abgemagert aus.«

»Na gut«, sagte ich und ging in Gedanken meine Playlist weiter durch.

»Wo bist du mit deinem Kopf?«

»Super! Danke!«, sagte ich.

»Für was genau?«

»Für die Songidee!«

»Muss ich das jetzt verstehen?«

»Nein, einfach nur zuhören«, sagte ich und ließ die Pixies *Where Is My Mind* über die Autoboxen singen.

Ich streckte mich auf dem Sitz aus und schaute in die nassen Baumkronen über uns. Der Regen hatte aufgehört, leider, denn gleich würden die ersten Hundehalter ihre trockenen Behausungen verlassen und hier auftauchen.

»Haben wir zufällig was zu trinken dabei?«

»Haben wir rein zufällig«, sagte meine Mutter und zeigte auf meinen Rucksack.

Ich entdeckte im Hauptfach eine Flasche Sprite, zwei Plastikbecher und eine riesige Tüte mit Kinder-Schoko-Bons.

»Du hast gewusst, dass ich nicht nach Hause will?«

»Ich bin deine Mutter.«

Inzwischen lief Placebo *(Every You Every Me)*, und der erste Hund hüpfte aus einem schwarzen Mercedes.

»Hallo, du fieser Katzenjäger!«, sagte ich.

Meine Mutter schüttelte den Kopf, sie liebt Hunde. »Das ist ein Boxer.«

Der Hund verschwand im Dickicht, und sein Besitzer blieb im Auto sitzen. Er öffnete die Tür und pustete eine Rauchwolke ins Freie.

»Was rauchen würde ich jetzt auch verdammt gern«, sagte ich.

Meine Mutter suchte durch die Frontscheibe den im nassen Waldrand verschollenen Hund. »Ich weiß.«

»Ich bin sechzehn.«

»Stimmt.«

»Sekt, Bier und Wein dürfte ich jetzt trinken. Ich könnte bis Mitternacht im Kino sitzen oder in die Disco gehen oder mir mit deiner Zustimmung ein Tattoo stechen lassen.«

»Und was wäre das für ein Tattoo?«

»Kein Boxer.«

»Du darfst mit sechzehn auch einer Partei beitreten«, sagte meine Mutter.

»Oh, krass. Stimmt, wieso hatte ich das Wichtigste von allem nur vergessen? Ich darf in eine Partei, richtig. Aber da ist noch was. Ich darf so viel mit sechzehn, aber kein Gras rauchen. Das ist doch unlogisch.«

»Du darfst gar nichts rauchen, bis du achtzehn bist, und das ist total richtig, für deine Gesundheit und die Entwicklung …«

»Warte! Stopp! Bitte! Wir müssen diesen Dialog gar nicht zum millionsten Mal wiederholen.«

»Du hast angefangen«, sagte meine Mutter und stieg aus. »Ich spreche jetzt mal mit dem Hundebesitzer. Wir könnten mit seinem Boxer eine kleine Runde im Wald drehen.«

»Frag bitte, ob er auch noch eine Katze dabei hat!«

Auf der Rückfahrt hörten wir die Sex Pistols, und meine Mutter war nicht sonderlich beeindruckt von der Textzeile mit der *Queen* und dem *fascist regime*. Obwohl sich das doch super reimte.

Sie plädierte für Simon & Garfunkels' *Mrs. Robinson*, was ich, wie sie natürlich wusste, auch okay fand, weil der Song Ende der Sechziger produziert worden war.

Aber Simon & Garfunkel deprimierte uns dann doch ziemlich, was bei der Diagnose, die sie mir vor zwei Wochen in der Uniklinik ausgestellt hatten, eher kontraproduktiv war.

Ich versuchte es mit Monty Pythons *Always Look on the Bright Side of Life*, und nach einem Aufschrei von meiner Mutter, die immer noch diesen Film boykottierte, landeten wir wieder bei den offenbar generationenübergreifenden Songs von Placebo.

Vor uns stauten sich plötzlich die Autos, und weit vorne sah ich Blaulichtblinken. »Wir kommen zu spät.«

»Die werden bestimmt gleich die Straße räumen, wir kommen nicht zu spät.«

»Doch, das werden wir.«

»Nein.«

Meine Mutter wusste, dass ich immer pünktlich sein will, dass mir das wirklich wichtig ist. Da sind Herr Klapsendoktor und ich ausnahmsweise einmal einer Meinung. Ich verstehe nicht, wieso die anderen immer erst so knapp da sind.

Nach zehn Minuten schlug ich auf das Handschuhfach, und meine Mutter zuckte zusammen.

»Wir kommen zu spät!«

»Ob Madonna wieder da ist?«, versuchte mich meine Mutter abzulenken und ahnte sicher nicht, dass das gleich nach hinten losging.

»Alinas Katze, stimmt. Danke, Mama. Das ist ein gutes Thema, um mich von diesem Stressmoment abzulenken. Ich will nämlich auch so eine Katze.«

Ein Rettungswagen raste uns entgegen.

»Ich weiß, aber das geht nicht.«

So langsam schien sich ganz vorne auch etwas zu lösen, die ersten Fahrzeuge fuhren los.

»Gibt es keine Medikamente gegen Katzenallergie?«

»Nichts Hundertprozentiges«, sagte meine Mutter.

»Bist du dir überhaupt sicher, dass du eine hast?«

»Wenn Katzen in der Nähe sind, brennen mir die Augen, ich bekomme einen allergischen Schnupfen, Hautrötungen und Atemnot. Ich denke, ich kann mir nicht alles gleichzeitig einbilden.«

»Ich hab eine Idee: Wenn ich eine Katze haben darf, dann werde ich mich nicht umbringen.«

Der Stau hatte sich komplett aufgelöst. Meine Mutter

tat so, als hätte sie den Satz nicht gehört. Sie kannte ihn ja auch schon und hatte ihn sicher mehrfach mit meiner Psychologin und ihrem Psychologen analysiert.

Offenbar sahen alle Fachleute im Katzenkauf keine lebensrettende Maßnahme. Und irgendwas ist da dran, denn Alina hat eine Katze und es trotzdem schon zweimal probiert.

»Da vorne ist schon die Einrichtung.«

Die Einrichtung …

Meine Mutter vermeidet das Wort *Psychiatrie* und nennt meine Klapse von Anfang an so. Jeder hat eben sein eigenes Vokabular.

Wir fuhren an Justin vorbei, der eine Dose Krombacher auf Ex in sich kippte.

»Wieso ist das jetzt erlaubt und Kiffen nicht?«, fragte ich und gab mir selbst die Antwort. »Die ganzen Brauereien würden pleitegehen, wenn man statt dem bitteren, kalorienhaltigen Gesöff ein gesundes Kraut konsumieren würde.«

»Hirnschäden löst das aus, *dein gesundes Kraut*.«

Meine Mutter parkte weit genug vom Eingang entfernt, und wir umarmten uns. So machen das Alina und ihre Mutter auch, das konnte ich letztes Mal von drinnen sehen, da war ich pünktlich gewesen.

Hinter unserem Auto bremste Kathas Vater seinen Porsche von hundert auf null in drei Sekunden.

Ich klatschte Applaus. »Glückwunsch, du Vollpfosten. Deine Tochter hat wie durch ein Wunder überlebt, und du fährst sie jetzt mit dieser Prollkiste tot.«

Meine Mutter zeigt zu Justin, der mit Katha in der Klapse verschwindet. »Wollen wir?«

»Nein«, sage ich. »Wir müssen.«

JAPAN EINS

*»Ich plane einen Gefängnisausbruch.
Zuerst müssen wir raus aus dieser Bar,
dann raus aus diesem Hotel, raus aus der Stadt
und raus aus dem Land! Sind Sie dabei?«*

Bill Murray als Bob in *Lost in Translation*

PAUL

Sechs Monate vor der Einweisung in die Akutstation

Das mit der Filmwahl ist mir ein Rätsel. Da kommen Dutzende Menschen aus verschiedenen Kontinenten zusammen. Und alle von uns sind, was die Denkleistung betrifft, entwickelt genug, um Japanisch zu lernen, eine Sprache, die mit mehreren Tausend Schriftzeichen durchaus herausfordernd ist.

Wir sind nun also gemeinsam in diesem Internat, in den japanischen Bergen, umgeben von atemberaubender Natur mit Wildschweinen und dem ein oder anderen Bären – behaupten zumindest manche.

Wir wollen uns alle besser kennenlernen, die verschiedenen Kulturen und Sprachen verstehen und uns auch mit den japanischen Klassenkameradinnen und Klassenkameraden vereinen, ich meine jetzt spirituell wie intellektuell zueinander finden.

Und so sitzen wir mitten in der Nacht in der Bibliothek des Internats und veranstalten eine Filmnacht!

Wieso sich fast erwachsene Menschen nachts in einer Bibliothek treffen müssen, um Filme zu schauen, verstehe ich nicht.

Andererseits ist es konsequent, denn von den Personen in diesem Raum sehe ich sonst auf dem Campus nie jemanden mit einem Buch in der Hand. Das scheint für viele hier vorrangig ein großer Raum mit ausreichend bequemen Sitzmöglichkeiten und dicken Heizungsrohren zu sein.

Damit es gerecht zugeht, soll über die Filmwahl abgestimmt werden. Misaki gehört zu den wenigen Japanerinnen im Raum und übernimmt die Moderation des Abends.

»Fangen wir mit dem ersten Film an. Wer hat Vorschläge?«

»*Lost in Translation*«, ruft Jackson aus Kanada, der will sich vermutlich nur einschleimen bei Misaki, weil der Film in Tokio spielt.

»*Ghost in the Shell*«, schlägt Avery aus Texas vor.

»Den mit Scarlett Johansson oder den Anime?«, fragt Misaki und ergänzt mit einer scharfen Betonung: »Ich meine das von Hollywood geklaute Original.«

Ein paar der Japaner in der Bibliothek lachen.

Der Punkt geht an Misaki, und ich bezweifle, dass sich Avery mit Mangas auskennt.

Doch Avery sagt kühl: »Besser als die Vorlage von Masamune Shirow geht es sowieso nicht.«

Misaki runzelt die Stirn. »Du weißt schon, dass der Zeichner in echt Masanori Ota heißt?«

Um Avery zu erlösen und zur Abwechslung ein wenig zu provozieren, strecke ich die Hand hoch. Misaki nickt mir zu, und ich sage »*Fast and Furious*«.

Ich kenne den Film nur von diesen riesigen, peinlichen Kinoplakaten, und ich interessiere mich weder für grotesk unrealistische Autostunts noch für die mit Anabolika und Botox vollgepumpten Stars.

»Welcher Teil?«, fragt mich Lien aus China, die neben mir auf dem Sofa sitzt.

Ich ahnte schon, dass diesen wirklich total bekloppten Film jeder auf der Welt kennen muss.

»Der Achte!«, sage ich laut und etwas leiser: »Der hat eindeutig die besten Dialoge.«

Lien flüstert mir zu: »Du hast überhaupt keine Ahnung, wovon du gerade sprichst, richtig?«

»Schi«, sage ich.

»Und das ist das einzige chinesische Wort, das du kennst, oder?«

»Schi«, wiederhole ich und ergänze mein eingeschränktes Wissen noch mit der Begrüßung, die wirklich jeder kennt: »Ni Hao.«

»Guten Tag«, antwortet Lien auf Deutsch.

»Gibt es überhaupt schon einen achten Film in der Reihe?«, flüstere ich zurück.

»Woher soll ich das wissen?«, grinst Lien, und ihr Lächeln ist ansteckend.

»Okay, Leute«, macht Misaki weiter. »Dann haben wir jetzt *Lost in Translation, Ghost in the Shell* als Anime und *Fast and Furios*. Lasst uns abstimmen!«

Animes sind klasse, und ich melde mich natürlich für *Ghost in the Shell,* was außer Lien und Misaki keiner mitbekommt.

Misaki zählt Hände und verkündet das Ergebnis. »Sieben sind für *Lost in Translation,* acht für den Anime und neun für *Fast and Furios.*«

Jackson regt sich ziemlich laut auf. »Jetzt müssen fünfzehn Leute einen Film schauen, den sie nicht wollen und für den nur neun gestimmt haben.«

»Willkommen in der Demokratie«, sage ich etwas zu laut.

Akio aus Tokio kauft den Film online, William aus Washington fummelt am Beamer herum, und ich beuge mich zu Lien. »Darf ich dir alternativ einen Meilenstein der Filmgeschichte vorstellen?«

Bevor sie antwortet, stehe ich auf und gehe aus der Bibliothek. Wenn sie jetzt nicht mitkommt, wäre die Sache ziemlich doof und ich müsste mir den Film zum zehnten Mal allein ansehen. Doch sie folgt mir tatsächlich, was aber auch einfach an *Fast and Furios* liegen kann.

»Und wo findet deine alternative Filmvorstellung statt?«, fragt Lien.

Eigentlich wäre es in unseren Zimmern am bequemsten, aber das wäre komisch und würde nur Gerüchte nach sich ziehen, die mir zwar egal sind, aber Lien vielleicht nicht.

Wir gehen in unser Klassenzimmer, in dem es auch eine Sofaecke gibt. Ich ziehe einen Tisch heran und klappe meinen Laptop auf. »Schon mal *Life of Brian* gesehen?«

Lien schüttelt den Kopf. »Das ist dein Meilenstein der Filmgeschichte? Was ist der Plot?«

»Mann wird für Messias gehalten und muss sich damit abfinden.«

Es ist Liens erster Film von Monty Python, und sie tut sich etwas schwer mit dem britischen Humor.

Sie lacht kein einziges Mal.

Als am Ende die Gekreuzigten im Chor singen und pfeifen, schaut mich Lien ratlos an.

»Und?«, frage ich.

»Der Film ist total krank.«

Ich antworte mit einem Zitat aus dem Song ganz am Ende. *»Life's a piece of shit. When you look at it.«*

Lien steht auf, und irgendwie hab ich das Gefühl, es total verbockt zu haben. »Den nächsten Film darfst du aussuchen, versprochen!«

Ich gehe mit Lien zurück in die Bibliothek, und mein Filmwunsch dauert offenbar ewig.

Wir sehen schnelle Autos im Schnee, dann ein U-Boot unter dem Eis.

»*Atomwaffe scharf schalten*«, sagt die Schauspielerin mit den schwarz lackierten Fingernägeln.

Da schreit schon ein Mann ganz aufgeregt. »*Die Atomwaffe ist scharf! Sie versucht, das Ding abzufeuern!*«

Lien rutscht etwas näher zu mir, was ich gut finde, und grinst. »Du hattest recht. Die Dialoge sind wirklich großartig.«

Ich weiß nicht genau, was ich antworten soll. Irgendwie will ich jetzt nichts mehr falsch machen und mache das, was ich sonst überhaupt nicht gut kann: Ich schweige.

Auf der Leinwand rasen Schneemobile in verschiedenen Größen über das Eis, viele Autos und das U-Boot, explodieren, und Lien meldet sich noch einmal bei mir. »Okay, das hier ist sogar schlimmer als *Life of Brian*.«

Beim Abspann beginnt schon die nächste Diskussion in der Bibliothek. Es ist noch nicht einmal Mitternacht, und Jackson will als Nächstes *Lost in Translation* sehen.

»Aber *Ghost in the Shell* hatte eine Stimme mehr«, klagt Avery.

»Lasst uns neu abstimmen«, sagt Misaki. »Gibt es neue Wünsche?«

»*Fast and Furious* sieben!«, ruft Lien, und Jackson flucht irgendwas, was sie nicht mitbekommen kann, weil sie schon wieder auf dem Weg nach draußen ist.

Inzwischen hat sich vermutlich herumgesprochen, dass Lien und ich vorher die ganze Zeit nicht im Raum waren. Als ich ihr jetzt folge, pfeift mir Mateo aus Spanien hinterher, und die halbe Bibliothek lacht.

Lien ist schon auf dem Weg zu unseren Unterkünften, doch ich hole sie ein. »Kein Film mehr?«

»Ich bin total müde«, sagt sie.

Ich zeige raus zum Waldrand, der von den großen Strahlern unseres Gebäudes unnatürlich gelb angeleuchtet wird. »Vielleicht ein kleiner Spaziergang vor dem Schlafen?«

Lien winkt ab. »Ist zu spät.«

»Ich singe auch keinen Song von Monty Python!«

Sie lächelt nur und sagt »Wan'an«, und weil ich nichts darauf zu antworten weiß, ergänzt sie auf Deutsch »Gute Nacht«.

Draußen ist es ziemlich kalt. Ich trage nur ein Shirt und meine kurzen Hosen, die nicht ganz bis zu den Knien reichen. Aber die Kälte fühlt sich gut an.

Ich will frieren und ziehe mir die Schuhe und Socken aus.

Vom kühlen Betonboden gehe ich weiter zum nassen, spitzen Gras, es tut weh, doch die Schmerzen lenken mich ab.

Ich muss nicht über diesen Abend nachdenken und über die ersten zwei Wochen in Japan.

Der Unterricht ist halbwegs interessant, und die Leute sind in Ordnung, aber so richtig verstehen tun wir uns alle nicht. Überhaupt nicht.

Das ist mir bei allen außer Lien egal.

Doch ich kann nichts daran ändern.

Ich bin, wie ich bin.
Life's a piece of shit. When you look at it.

JAPAN ZWEI

*»Wenn du ihr das Herz brichst,
brech ich dir auch was.«*

Vin Diesel als Dominic Toretto in *The Fast and the Furious*

LIEN

Drei Tage vorher

Mateo erzählt wie immer viel zu aufgeregt, und wir starren ihn alle an. »Der ganze Sand in der riesigen Arena ist rot vom Blut, und …«

»Und da macht keiner was dagegen?«, fragt Ella.

»… und …«, will Mateo weitermachen.

»Gibt es übrigens in Brasilien auch, hab ich gehört«, sagt Davi.

»Und was?«, frage ich.

»… und der Typ ist fünfzigtausend Euro reicher«, beendet Mateo seinen Bericht, und ich rechne aus, wie viel das umgerechnet in chinesischen Yuan wären.

Jede Mittagspause unterhält Mateo unseren großen Kantinentisch mit seinen Geschichten. Das war schon am ersten Tag der Orientierungswoche so und hat sich seither nicht geändert.

Keiner ist gezwungen, an diesem Tisch zu sein, es gibt keine Sitzordnung. Doch die Gruppe hier hält irgendwie zusammen. Und langweilig ist es bei uns nie.

Ein paar Tische weiter essen die Japaner, die nicht so richtig Lust darauf haben, sich mit uns Ausländern abzugeben. Bei uns müssten sie Englisch sprechen, was nur wenige von ihnen so gut können wie wir.

Also bleiben sie lieber unter sich. Das gilt sowohl für das Frühstück, für das Mittagessen, für das Abendessen als auch im Unterricht und in der Freizeit sowieso, also praktisch immer.

Für uns Ausländer aus allen möglichen Teilen der Welt ist das nicht so toll, weil wir ja auch deswegen auf ein Internat in Japan gehen, um unser Japanisch zu verbessern. Stattdessen reden wir fast den ganzen Tag nur Englisch.

Zwischen unseren Plätzen hier und der japanischen Gruppe gibt es noch andere Tische, die niemand aneinander schob, damit mehr Leute zusammen sitzen können, so wie wir es gleich beim ersten Mittagessen gemacht haben.

Zwischen den Japanern und uns ist das mysteriöse Zwischenreich. Dort sind die verschworenen Zweier- und Dreiergruppen mit den Einzelgängern.

Bei den meisten von denen weiß ich noch nicht einmal, wie sie heißen. Daran änderte auch keines der vielen peinlichen Kennenlernspiele etwas, wir sind einfach zu viele Neue.

Mateo zeigt uns auf seinem Handy einen Mann mit buntem Kostüm, fast knielangen Socken und blutverschmierten Hosen.

»Der *Torero*«, sagt Jackson fachkundig. »So wird der doch genannt, oder?« Ich sehe, wie er sein Handy möglichst unauffällig in die Hosentasche steckt.

Mateo haut auf den Tisch und regt sich übertrieben über Jackson auf. »Der Torero? Hast du das gegoogelt oder was? Das ist doch nicht irgendein Torero, kein Banderillero oder ein Picadores, nein!«

Jackson hält gespielt die Hände über den Kopf. »Natürlich nicht, Gnade, bitte Gnade! Kein Banderi… äh … Banderdores!«

»Banderillero!«, ruft Mateo, und wir müssen lachen.

»Und wer ist dieser Typ mit der Verkleidung dann?«, frage ich und beiße in meine Pizza.

Das meiste in der Kantine ist nicht so meines, aber die Fast-Food-Sachen sind in Ordnung.

»Hast du Verkleidung gesagt? Das ist keine Verkleidung, das ist die *Traje de Luces*!«

»Was?«, frage ich.

Ella kann Spanisch. »*Der Anzug der Lichter*, vermutlich weil das Zeug darauf so blinkt.«

»Okay«, sagt Jackson genervt. »Und wie nennt man den Typ mit der Lichterkette jetzt?«

Mateo holt tief Luft und verdreht die Augen. »Das ist der *Matador*, der *Schlächter*.«

Er wischt zum nächsten Foto, und der Mann mit dem bunten Kostüm bohrt einen Degen oder so etwas direkt in den Nacken des Stiers.

»Mach den Scheiß weg«, ruft Ella.

Ich würge das Stück Pizza runter und halte mir eine Hand vor den Mund.

Avery schüttelt den Kopf. »Wieso wird das nicht verboten?«

»Die armen Tiere«, sagt Ella.

Mateo nickt, er weiß natürlich, was er mit diesen Horrorfotos auslöst. »Bei uns sagen die einen, Stierkämpfe gehören zur Kultur, und die anderen nennen es Tierquälerei.«

»Und du?«, will ich wissen.

»Rate mal?«, fragt Mateo und zeigt auf seinen Teller. Er isst nicht die *Meat Lovers Pizza* vom Mittagsmenü so wie ich, sondern Pasta mit Tomatensauce.

Er ist Vegetarier, stimmt, das hatte er schon bei einem der ersten *Wer-bin-ich*-Spiele erzählt.

»Aber warst du trotzdem schon mal in so einer Arena und hast …«, fängt Jackson an, verstummt und schaut zu mir, na ja, eigentlich eher über mich hinweg.

Es braucht ein paar Sekunden, bis ich verstehe, wieso Jackson auf einmal schweigt.

Wir haben Besuch aus dem Zwischenreich.

Hinter mir steht einer der Jungs, deren Namen ich mir nicht gemerkt habe. Und der beugt sich zu mir. »Darf ich dich was fragen?«

Ich will ihn nicht wegschicken, aber so am Tisch beim Essen vor allen so angesprochen zu werden, ist schon ein wenig peinlich.

Ich meine, er kann doch einfach später zu mir kommen.

Andererseits bin ich froh, keine Stierfotos mehr sehen zu müssen. Und ihn jetzt wegzuschicken, das wäre ja auch fies.

»Klar«, sage ich.

Der Junge bückt sich noch etwas mehr zu mir runter und spricht so leise, dass ich ihn kaum verstehen kann. »Was würdest du machen, wenn ich dir sagen würde, dass in genau zehn Minuten die Erde weggesprengt wird?«

»Was?«

»Was würdest du machen, wenn ich dir sagen würde, dass in genau …«

»Nein, nein, das hab ich schon verstanden, also inhaltlich. Aber wieso fragst du mich so was?«

»Weil jeder auf so eine erschütternde Nachricht anders reagiert. Die einen würden schreiend aus der Kantine rennen und ihre Eltern anrufen. Die anderen würden zum Buffet stürmen und sich drei Portionen Nachtisch holen.«

Ich muss laut lachen, doch der Junge bleibt ernst. Er erwartet wirklich eine Antwort auf seine Frage, das ist ihm wichtig.

Ihn und mich beachtet inzwischen keiner mehr von meinem Tisch.

Ella hatte Mateo gefragt, ob auch Frauen in der Arena stehen, und der zeigt entsprechende Fotos.

Der Junge vom Zwischenreich bleibt stur. »Und? Was würdest du nun machen?«

Irgendwie ist das mit ihm ziemlich seltsam, das macht ihn aber auch interessant. Und vielleicht sollte ich ihn aus dem Zwischenreich zu uns holen. Ich rücke ein Stück zur Seite. »Willst du dir nicht einen Stuhl holen und bei uns essen?«

»Ich hab schon gegessen, und ich hab schon einen Tisch«, sagt er und zeigt zu einem Platz mit einem Jungen, dessen Namen ich mir auch nicht gemerkt habe.

Immerhin sitzen beide nicht jeder für sich allein hier in der Kantine herum, sondern haben sich gefunden.

»Ist das so ein Jungsding zwischen euch, eine Mutprobe oder so? Du musst zu uns kommen und mir diese komische Frage stellen?«

»Nein.«

»Das ist also kein Spaß?«

»Natürlich nicht.«

»Du willst wirklich eine Antwort?«

Er blickt so verwundert über mein Nachfragen, als gebe es überhaupt keinen Grund, sich über seine Weltuntergangs-Frage zu wundern.

»Wollen wir nach dem Essen einen Spaziergang machen?«, schlage ich vor.

»Das wäre mir eine große Ehre«, sagt er und klingt wie aus einem alten Film.

»Okay, in zehn Minuten am Ausgang.«

»Abgemacht«, sagt er und dreht sich um.

»Warte mal. Wie heißt du eigentlich?«

»Paul«, sagt er. »Ich bin Paul aus London.«

Er hat wirklich einen starken britischen Akzent, und sein Englisch klingt nicht wie Averys Texas-Englisch. Aber irgendetwas sagt mir trotzdem, dass er mir totalen Quatsch erzählt.

Kaum sitzt er am Zweiertisch mit seinem Kumpel, stupst mich Jackson an. »Das war Paul aus London.«

»Hat er mir auch gerade gesagt.«

»Hat mir in Mathe geholfen, da ist er voll das Genie. Nur erzählt er immer total verrücktes Zeug. Der ist ein bisschen durchgeknallt.« Jackson macht mit seiner Hand einen Scheibenwischer vor seinem Gesicht, und ich befürchte, Paul hat das gerade mitbekommen.

»Und wenn er redet, dann redet er endlos«, macht Jackson weiter, dem offensichtlich egal ist, ob er Paul nun gekränkt hat oder nicht. »Der redet und redet und redet. Auch über Musik, die kein Mensch mehr hört, da ist er offenbar Experte. David Bowie zum Beispiel, ich meine, wer hört denn von uns David Bowie? Avery, hört ihr in Texas etwa noch Bowie? Okay, bei euch läuft eh nur Country … Egal. Und dann erklärt er dir einen Bowie-Song aus den Siebzigern, wie der entstanden ist, und hält ewige Monologe.«

»So wie du gerade?«, frage ich.

Jackson winkt ab, steht auf und schaut zur langen Schlange vor dem Tisch mit den Nachspeisen.

»Was gibt's heute?«, fragt Avery. »Mango-Mousse, oder?«

Jackson kennt den Menüplan der Woche auswendig. »Das ist morgen, heute gibt es Kokosnuss-Kuchen.«

Er würde definitiv zu denen gehören, die die letzten zehn Minuten vor dem Weltuntergang am Buffet verbringen.

»Bring mir ein Stück mit!«, rufe ich ihm nach, und er tut so als hätte er es nicht verstanden. Ich brauche auch nichts mehr.

Draußen steht Paul mit einem Schirm in der Hand.

Ich schaue hoch in den blauen Himmel. »Sieht nicht nach Regen aus.«

Paul spannt den Schirm auf. »In London haben wir immer einen Schirm dabei, das englische Wetter ist unberechenbar. Und dann dieser Nebel, wirklich …«

»Warte mal«, sage ich, und er hört auf zu reden.

»Woher kommst du wirklich?«

»Ich bin Paul aus London.«

»Schon klar. Ich weiß, das erzählst du allen. Aber ich meine es ernst, und jetzt nimm mich auch mal ernst. Du sagst das wie in einem Theaterstück auf. *Ich bin Paul aus London.*«

»Es gibt auch gute Schauspieler.«

»Aber du klingst wie Schultheater, erste Probe der Achtjährigen.« Ich muss ziemlich wütend aussehen, denn es dauert keine zwei Sekunden, da sagt Paul: »Deutschland.«

»Und woher hast du den britischen Akzent?«

»Von Monty Python.«

Ich habe noch nie von diesem Namen gehört, doch Paul erspart mir ein peinliches Nachfragen.

»Das waren die besten britischen Komiker aller Zeiten.«

»Von denen hast du den Akzent?«

»Und den Humor.«

»Also war das so ein Monty-Python-Witz mit dem Weltuntergang vorher?«

»Nein. Das war von Douglas Adams.«

Ich ziehe die Schultern hoch und laufe los, Paul läuft mir mit dem aufgespannten Schirm hinterher und holt mich schnell ein.

»Das ist der Autor von *Per Anhalter durch die Galaxis*«, sagt er und spricht eine halbe Stunde von nichts anderem mehr.

Wir spazieren vom Internat zum Wald und drehen eine große Runde. Den Schirm hält Paul über uns gespannt, und ich habe aufgehört, ihn zu bitten, damit aufzuhören.

Es regnet nicht, und von den Bäumen fällt auch nichts, wovor er uns schützen müsste. Hier im Wald gibt es zwar Wildschweine und angeblich sogar Bären, aber bei der Lautstärke, in der Paul seinen Douglas-Adams-Vortrag hält, sind die längst fort.

Ich kenne nach dreißig Minuten die wichtigsten Figuren des Stoffes, weiß, dass es sich um fünf Bücher handelt, die ursprünglich mal ein Radiohörspiel waren. Und als Paul mir von der zwanzig Jahre alten Verfilmung erzählen will, stelle ich mich vor ihm auf den Weg.

Er bleibt stehen und redet weiter. »Douglas Adams hat auch beim Drehbuch mitgeschrieben, ist aber verstorben und … Was ist los? Hast du einen Bären gesehen?«

»Paul, wieso machen wir beide einen Spaziergang?«

Er schweigt und überlegt, vermutlich sucht er nach einer allumfassenden Antwort auf alles, wie all die Figuren bei Douglas Adams, um die es die letzten Kilometer ging, die dann vom Supercomputer nur eine zweistellige Zahl als Ergebnis erhalten.

»Wieso wir einen Spaziergang machen?«

»Kleiner Tipp, es hat etwas mit dir und mir in der Kantine zu tun.«

Paul kommt wirklich nicht darauf, und ich würde am liebsten allein zum Internat zurücklaufen. Aber vielleicht ist er wirklich gerade blockiert oder versteht etwas nicht, oder er hat ein ernsthaftes Problem, auf andere einzugehen.

»Du hast mir eine Frage gestellt, die ich dir unbedingt beantworten sollte. Die Sache mit dem Weltuntergang, oder nicht? Was würde ich tun, wenn du mir sagen würdest …«

»… dass in genau zehn Minuten die Erde weggesprengt wird. Ja, ich weiß. Und wieso sagst du mir es nicht?«

Ich breite beide Arme von mir aus und schreie ihn fast schon an. »Weil du die ganze Zeit redest!«

»Ich dachte, du fändest das interessant, was ich …«

»Ja, natürlich. Aber zu einem Gespräch gehören doch mindestens zwei, die *miteinander* reden.«

Paul nickt und schaut so ratlos auf den Boden, dass er einem nur leidtun kann. Vielleicht ist er einfach nur unglaublich schüchtern und versucht, seine Schüchternheit wegzureden?

»Darf ich jetzt auf deine Frage antworten?«, frage ich.

»Ja, bitte.«

»Okay, ich würde in den letzten zehn Minuten meinen Freund anrufen und ihm sagen, wie sehr ich ihn liebe.«

Paul schaut zu seinem Schirm hoch, für den es weiterhin keinen Grund gibt, ihn zu tragen.

Er lässt sich nichts anmerken, oder es ist ihm wirklich egal, dass ich einen Freund habe. Wir machen hier einen Spaziergang, mehr ist das nicht.

Und wenn das mit meinem Freund keine Rolle spielt, er einfach nur jemanden zum Zutexten sucht, können wir wieder einmal einen Spaziergang machen. Ich verbuche das dann nicht unter *Gespräch,* sondern unter *Vortrag.*

Es ist nicht langweilig, was er erzählt, einfach nur abgefahren. Das geht in Ordnung für mich, mit abgefahrenen Sachen kann ich was anfangen.

»Ich dachte vorher erst, du bist von einer Sekte oder so.«

Paul muss schmunzeln. »Wieso?«

»Na ja, das Ende der Welt ist nah! Deine Frage ging irgendwie in die Richtung, ich dachte, da kommt dann die Predigt.«

»Die hast du ja auch ohne Sekte bekommen.«

Ich muss lachen. »Die Douglas-Adams-Predigt, richtig.«

Weil Paul jetzt gar nichts mehr sagt, will ich es genau wissen.

»Bist du denn gläubig?«

»Ich hab die zweitgrößte Sekte meines Landes verlassen.«

»Was ist das in Deutschland? Scientology?«

»Nein.«

»Sondern?«

»Die evangelische Kirche.«

Paul fragt nicht, welche Rolle Religion bei mir zu Hause spielt, wie ich erzogen worden bin, woran ich glaube. Stattdessen erzählt er von sich, wie er seinen Eltern bei einem Sommerurlaub ständig Bibelstellen vorlas und was er seinem Pfarrer persönlich per Brief mitteilte: *Ich werde die Kirche nicht mehr besuchen, weil ich nicht glaube.*

Dieser Pfarrer hatte sich wohl nie bei ihm zurückgemeldet, was Paul nur noch mehr in seiner Kritik an der Kirche bestätigte.

Auch wenn das alles irgendwie interessant ist, so hab ich mir das anders überlegt. Ich will nicht so schnell einen zweiten Spaziergang mit ihm machen müssen. Es ist ziemlich anstrengend, immer nur zuzuhören.

Als wir nach einer Stunde wieder beim Internat ankommen, hat das Nachmittagsprogramm schon begonnen.

Paul klappt endlich den Schirm zu. »Wollen wir uns morgen noch mal treffen? Das war doch ein schöner Spaziergang zusammen.«

Ich schaue zum Gebäude und sehe durch die Glasfront Ella und Jackson Händchenhalten. Das ist mir neu.

»Vielleicht wieder nach dem Mittagessen?«, fragt Paul.

»Es ist gerade viel los die Tage«, improvisiere ich. »Ein anderes Mal, okay? Aber wir sehen uns ja im Unterricht.«

»Übermorgen vielleicht?«

»Kann ich noch nicht sagen, also ... jetzt weiß ich es noch nicht.«

»Aber in drei Tagen ist Filmabend«, sagt Paul.

»In der Bibliothek, genau.«

»Da können wir doch zusammen hin.«

»Lass uns einfach da treffen.«

»Auf dem Sofa links oder die Sessel am Rand? Auf dem Teppichboden kann man nicht so gut sitzen und ...«

»Das Sofa.«

Ich gehe zum Gebäude und winke Paul zu, obwohl wir uns gleich wieder im Klassenzimmer sehen. Aber ich brauche jetzt erst mal Abstand. Ich hab schon fast die Tür erreicht, da ruft mir Paul etwas zu.

»Ich würde übrigens zwei Songs von David Bowie hören.«

Ich verstehe nicht, wie er das meint, und er kommt die paar Meter wieder zu mir gelaufen. »In meinen letzten zehn Minuten, bevor die Erde weggesprengt wird. *Space Oddity* und *Starman,* die dauern zusammen neun Minuten und neunundzwanzig Sekunden. Beide Songs stammen aus seiner kreativsten Zeit, später hat er sich irgendwie verirrt in den Trends, die die anderen vorgegeben haben. Wusstest du, am Anfang kam Bowie auf der Bühne überhaupt nicht gut an. Dann erst hat er angefangen, sich aufwendig zu verkleiden und zu schminken, um aufzufallen ...«

»Und sich zu schützen?«, unterbreche ich ihn, denn anders komme ich bei ihm nicht zu Wort.

Paul überlegt. »Sich zu schützen? Vielleicht auch, ja.«

Ich gehe durch die Tür und sage nicht, was ich denke.

Bowie schützte sich mit seiner Verkleidung so wie du dich mit deinem seltsamen Schirm.

KRISENRAUSCH DREI

Nun war er sechs Lichtjahre von dem Ort entfernt,
an dem sich die Erde befände,
wenn es sie noch gegeben hätte.

Douglas Adams, *Per Anhalter durch die Galaxis*

JESUS (FRÜHER PAUL)

Sechs Monate später in der Akutstation

Justin hat den Mülleimer in der Toilette angezündet, was aus mehrfacher Hinsicht ziemlich idiotisch war. Es stinkt seit Stunden auf der ganzen Station nach geschmolzenem Plastik.

Der Raum ist gesperrt, und wir müssen die Frauentoiletten nutzen. Und außerdem war Justins Aktion überhaupt nicht durchdacht und kann eigentlich nur in Zusammenhang mit seinem vom Alkohol durchtränkten Gehirn verstanden werden.

»Er muss mit dem Saufen aufhören«, sagt auch Alina, die hinter der Couch auf dem Boden unseres Aufenthaltsraumes Yoga praktiziert, was gerade überhaupt nicht gesund aussieht, weil sie das *Kamel* macht und sich ihr Rücken dabei immer so extrem weit nach hinten dehnt.

»Und Justin muss endlich mit dem Kiffen anfangen«, ergänze ich. Und da ich schon beim Thema bin, mache ich einfach weiter. »Wissenschaftlich gesehen richtet das viel weniger Schaden an als Alkoholkonsum, also gesamtgesellschaftlich gesehen. Da reicht schon ein Blick ins Fußballstadion: Was machen die Ultras, bevor sie die Pyrotechnik abfeuern und sich auf die primitive Schlacht mit ihren Gegnern nach dem Abpfiff vorbereiten? Sie nehmen hektoliterweise alkoholische Getränke zu sich, was schon allein deswegen unbedacht ist, weil sie dann ständig durch die vollen Reihen hindurch auf die Toiletten gehen müssen, wenn sie sich nicht vorher in die Hose machen. Aber gut, im Gegensatz zu unserer Klapse funktionieren im Stadion ja immerhin die Toiletten, was uns wiederum zu Justins Alkoholproblem bringt. Aber noch ein abschließender Gedanke zu den testosteronübersteuerten Fußballalkis: Würden die alle vor dem Anpfiff einen guten Joint rauchen, wären sie viel friedlicher und würden auch die Gegentore viel entspannter sehen, sich vielleicht sogar über den gekonnten Eckball freuen, der den Kopfball für das Vier-zu-Null der Gegner erst ermöglichte.«

Alina setzt sich mit ihrem dünnen Trägershirt neben mich auf die Couch, was der bequemste Ort auf der ganzen Station ist. »Hey, Jesus, Danke für das Referat. Das gibt ein Extrabienchen morgen für dich bei Herrn Doktor. Und ich wusste gar nicht, dass du Fußballfan bist.«

»Ich hasse Fußball, und doch nutze ich es für meine Argumentation, weil ich damit vielleicht Justin besser überzeugen kann, als wenn ich medizinische Statistiken zitiere.«

Katha springt über die Lehne zu uns auf die Couch. »Ich finde beides scheiße, also Saufen, Kiffen und Pillen, weil …«

Sie hört wie immer einfach mitten im Satz auf, und Alina wartet trotzdem noch ein paar Sekunden, vielleicht hofft sie auf ein Wunder, das allerdings nicht eintritt. »Hey, Katha, das waren jetzt drei Sachen, die du aufgezählt hast.«

»Hä?«

Katha kapiert es nicht.

»Du hast gesagt, du findest *beides* scheiße, und das Wort *beides* schließt auf zwei Sachen, aber dann hast du drei Sachen aufgezählt, also …«

Justin übergibt sich neben uns auf den Boden, und Alina und ich werden nass gespritzt. Er würgt schon wieder, und Katha bringt sich hinter meinem Rücken in Sicherheit.

»Geh doch aufs Klo!«, ruft Alina.

»Das ist … das ist doch zu«, stottert Justin, der fix und fertig ist und sich kreidebleich neben seine Kotze setzt.

»Dann geh halt aufs Mädchenklo, du Trottel.«

»*Psycho* bitte, nicht *Trottel*«, sagt Justin und reibt sich den Mund am Pullover sauber. »Und wieso haben die keine Kotztüten hier? Überall müssten welche hängen.«

»Was ist denn hier los?«, ruft Edgar, unser Betreuer vom Nachtdienst. »Ach du Scheiße!«

Er begleitet Justin zur Toilette und zur Dusche und bringt ihm danach auch noch frische Kleider. »Und jetzt machst du bitte da vorne den Boden sauber.«

Justin lässt den Kopf hängen, greift aber tatsächlich zum Wischmopp.

Vermutlich sind gerade alle sauer auf ihn, inklusive Edgar, aber keiner von uns nervt ihn jetzt damit. Justin ist mit sich selbst genug gestraft.

Zu seiner idiotischen Mülleimeraktion gehörte übrigens ein noch viel idiotischerer Masterplan. Justin dachte, wenn der Mülleimer brennt, geht der Feuermelder los, und dann öffnen sich alle Türen automatisch.

Doch bevor es richtig qualmte, stank es überall schon so furchtbar, dass Katha den Feuerlöscher aus der Halterung zog, um den dampfenden Mülleimer zu löschen.

Justin hatte nämlich – noch so ein idiotischer Fehler – keinen seiner Mitinsassen in seinen Fluchtplan eingeweiht.

Der Boden ist inzwischen sauber gewischt, doch Justin würgt schon wieder.

Katha ist das zu viel, sie springt von der Couch und läuft davon, was nie ein gutes Zeichen bei ihr ist. Ich greife zu spät nach ihr und hab nur Luft in den Fingern. Alina zeigt da mehr Engagement und rennt Katha hinterher. »Nein! Katha! Lass das!«

Edgar ist noch im Raum und weiß, was kommt, er versucht, Katha festzuhalten, doch sie entwischt ihm. Mit voller Wucht rammt sie ihren Kopf gegen die Wand, und bevor Alina bei ihr ankommt, holt sie noch einmal aus und schlägt wieder dagegen.

Alina und Edgar halten sie fest, umklammern sie, bis sie wieder langsam atmet, sich beruhigt hat.

»Ich hol dir mal was, okay?«, fragt Edgar.

Wenn sie hier auf Station *was* sagen, meinen sie nie *irgendwas,* sondern haben eine ziemlich klare Vorstellung davon, was wir brauchen und wie viel Milligramm davon.

Natürlich kann uns keiner in der Klapse zu unserem Pillenglück zwingen, doch außer mir sind sowieso alle gern dabei.

Ich lehne Antidepressiva ab, auch wenn meine Eltern und die Pharmabranche froh wären, ich würde mir ab und zu eine Ladung geben.

Edgar kommt mit einem Glas Wasser und einer noch in der Alupackung eingeschlossenen Pille. Medikamente sehen wir auf Station nie in Zwanzigerpackungen, sondern immer nur einzeln, denn sicher ist sicher, bei uns Psychos weiß man nie.

Edgar drückt Katha eine Pille in die Hand und wartet, bis sie auch wirklich runtergeschluckt ist. Er hatte mit Justins Kotzerei und Kathas Anfall genug zu tun und will keine Zwischenfälle mehr.

Sowieso muss er erst einmal in Ruhe alles notieren für die Übergabe an die Frühschicht, damit die wissen, was sie mit uns verpasst haben.

Katha drückt sich ein Kühlpack auf die Stirn. Alina schaut zu mir, und sie sagt etwas ziemlich laut, so viel steht fest, doch bei mir kommt trotzdem nichts an. Das mit Justin war mir schon zu viel, und das mit Katha ist mir jetzt sogar viel zu viel.

Die Stimme meldet sich.

Und die Stimme übertönt Alina, wie sie jeden übertönt, wenn es mir so richtig mies geht.

Das hat in Japan angefangen, zumindest war die Stimme da zum ersten Mal so laut, dass sie so richtig genervt hat.

Die Stimme ist kein Geräusch oder so, aber trotzdem total intensiv, sie ist ein Gedanke, der so heftig im Kopf steckt, dass er alles verdrängt, ohne einen Laut von sich zu geben.

Und jetzt sagt diese Stimme: *Du kommst hier nicht mehr raus! Du stirbst in der Klapse. Ja, in dieser Klapse, weil du ein Psycho bist. Du hast es schwarz auf weiß bekommen, deine Diagnose ist fatal.*

Der Betreuer steht auf einmal vor mir und schaut mich ziemlich besorgt an, was schon etwas zu bedeuten hat, da Edgar mit uns ja einiges gewöhnt ist und heute schon ein paar Sachen erleben musste.

»... klar?«

»Was?«, frage ich.

»Ob bei dir alles klar ist? Geht's dir gut?«

Das interessiert ihn nicht wirklich! Er fragt, weil er es muss. Das ist sein Job. Und du bist für ihn wertlos. So wie für alle anderen auch.

»Paul?«

»Ja. Gut, mir geht's gut. Ich muss schlafen.«

Du wirst nicht schlafen, keine Sekunde. Es stinkt nach geschmolzenem Plastik und Justins Kotze. Du wirst nie wieder schlafen.

Der Betreuer ist weg, und ich wische mir den Schweiß von der Stirn.

»Jeder Mensch hat so eine Stimme«, sagte mir Herr Doktor hier auf Station am ersten Tag, als ich ihm von der Stimme erzählte. »So nehmen wir unsere Gedanken wahr. Bei manchen ist die Stimme ganz leise oder liebevoll. Und bei anderen sehr laut und rotzfrech.«

»Ich hab eher die zweite Variante erwischt. Mich schreit sie an.«

»Aber nicht immer, oder?«

»Wenn es mir schlecht geht, also quasi immer.«

Meine Antworten sind fünfzig Wörter pro Satz kürzer als sonst, also geht es mir nicht gut, das weiß Herr Doktor inzwischen. Wenn Paul referiert, geht es ihm gut, wenn er reduziert, geht es ihm nicht gut.

»Dir geht es wirklich immer schlecht? Fühlt sich das so an für dich?«

»*Quasi immer* hab ich gesagt.«

»Verstehe, aber, Paul, deswegen bist du hier. Und wenn du lernst, mit deinen schlechten Momenten besser umzugehen, wird die Stimme leiser. Das wollen wir hier gemeinsam mit dir schaffen.«

»Interessant, ich dachte, ich bin hier, damit die schlechten Momente weggehen, stattdessen soll ich mich an sie gewöhnen?«

»Das ist eine Akutstation, nicht Hogwarts. Wir können

nicht zaubern. Wir können dich nur auf das vorbereiten, was draußen auf dich wartet. Aber dort bist du nicht allein. Du hast eine tolle Familie, und du hast eine gute Therapeutin.«

Alina hält inzwischen das Kühlpack von Katha, der ist offenbar fast der Arm abgefallen, und sie nickt ihr dankbar zu.

Zwei wahre Freunde! Und du? Du hast keine Freunde. Du hast keine Zukunft. Du bist unheilbar.

Sei ruhig!, denke ich, so intensiv ich kann.

Du kennst deine Diagnose.

Lass mich in Ruhe!

Du bist zu schwach …

Bin ich nicht!

… um dagegen etwas zu machen.

Alina schnipst mit der freien Hand vor meinem Gesicht. »Hey, Jesus, wieder die Stimme?«

Ich nicke nur.

Wir alle hier haben unsere Stimmen, die uns anschreien.

»Fick die Stimme«, sagt Alina.

Ich schüttele den Kopf. »Ich glaube, das ist sowohl physisch wie psychisch betrachtet nicht möglich.«

Alina streicht mir über die Haare und flüstert auf einmal ziemlich gespielt. »Ficken ist auch nicht dein Thema, ich weiß. Du bist bestimmt noch Jungfrau, soll ich dir zeigen, wie es geht?«

Ich drehe ohne lange nachzudenken den Kopf zur Couch mit den Kotzflecken, ich weiß, was Justin und Katha dort vor drei Tagen gemacht haben.

Alina und ich saßen drei Meter davon entfernt am Tisch und spielten mit den zerknickten Karten, der Nachtdienst ließ sich nicht blicken. So nett sind die hier nämlich manchmal.

Alinas Hand ist immer noch mit meinen Haaren beschäftigt, und ich verkrampfe total, weil ich einfach nicht damit klarkomme, wenn mich jemand so berührt, wie sie es gerade tut.

»Hast du mal wieder was von deiner Japanerin gehört?«, fragt Alina. »Warte, ich komme auf den Namen… ich hab ein Elefantengedächtnis… mit L! Etwas mit L … Lien! Sie heißt Lien.«

»Der Elefant hat Alzheimer«, sage ich. »Lien ist Chinesin, keine Japanerin, das ist wieder der typisch eurozentrische Blick auf andere Kulturen, dabei …«

»Hat sich Lien bei dir gemeldet?«

»Nein.«

Lien hasst dich. Weil du ein Versager bist.

Halt die Klappe!, denke ich gegen die Stimme an.

Weil du sie gelangweilt hast mit dieser albernen Komödie, Life of Brian.

Ich versuche die Stimme wegzupfeifen, so wie beim Song, ganz am Ende des Filmes. Mein Pfeifen passt zur Melodie. Doch es klappt nicht. Die Scheißstimme ist lauter als mein Pfeifen.

Gelangweilt hast du Lien, mit deinen Referaten über Bowie und Adams. Doch jetzt hast du deine Diagnose bekommen.

Ich versuche mir die Szene vorzustellen mit dem Pfeifen, ich hab den Song im Ohr. *Always Look on the Bright Side of Life.* Ich stelle mir das so laut vor, wie ich kann, doch die Stimme ist immer noch lauter!

Du weißt, wieso du bist, wie du bist.

Und dann singt die Stimme zu meiner Melodie: *Life's a piece of shit, Paul! And you're a part of it!*

»… ficken«, flüstert mir Alina ins Ohr.

»Was?«

»Du sollst diese Scheißstimme ficken! Du bist Jesus! Vergiss das nicht.«

»Also, genau über diese Jesus-Sache wollte ich auch noch mit dir reden«, fange ich an, und Alina zieht mich zur Couch.

Justin ist in seinem Zimmer verschwunden, und die Stimme lässt mich auch endlich in Ruhe.

Edgar setzt sich zu Katha und fragt sie was über eine uralte Folge der vierten Staffel von *Game of Thrones.* Damit kennt sich Katha aus, die Intrigen, Konflikte und Schlachten in Westeros und Essos sind ihr Spezialgebiet, darüber zu sprechen, beruhigt sie immer total, was insofern tragisch ist, da sich keiner von uns außer Edgar für Fantasy interessiert.

Alina macht es sich zuerst auf der Couch bequem, ich setze mich mit einem Meter Abstand neben sie.

»Das mit Jesus ist ja die total große Ehrung von dir, ich weiß, aber nur weil ich lange Haare habe?«, sage ich.

»Und du bist unser allwissendes Wundergenie! Erinnerst du dich an das Mathe-Quiz mit Herrn Doktor letzte Woche?«

»Mal ehrlich, da ging es ja nicht um die Eulerische Formel oder so.«

»Was für eine Eule?«, fragt Alina.

»Damit bekommst du eine Verbindung zwischen den trigonometrischen Funktionen und den Exponentialfun…«

»Oh Jesus. Hör auf, mir platzt der Schädel. Und nicht

nur Mathe, du kennst alle Antworten beim Kreuzworträtsel.«

»Sind ja immer dieselben Fragen, und deswegen bin ich gleich Jesus?«

»Was war das letztens? *Hauptstadt mit sechs Buchstaben in Afrika.*«

»Maseru«, sage ich.

»Siehst du, und ich hab schon wieder vergessen, welches Land das war …«

»Lesotho.«

»Du bist der Messias, keine Frage«, sagt Alina.

»Ich bin Atheist, also nicht einmal ein Vertreter des Agnostizismus.«

»Da ist es wieder.«

»Was?«, frage ich.

»Du sprichst immer so wunderliche Worte aus. Trigodingsfunktionen und Agnostizismus. Oder war das sogar ein Gleichnis eben?«

»Ich störe euch nur ungern«, sagt Edgar. »Aber das Bett ruft.«

»Ich höre gar nichts«, sagt Alina.

»Auf geht's, macht mal Feierabend jetzt.«

»Haben Sie mal die Bibel gelesen?«, frage ich Edgar.

Aus Alina schießt es sofort raus. »Die beste Lektüre, um jemanden zum Atheisten zu machen.«

Wir klatschen uns ab und nennen gleichzeitig die Quelle ihres Zitats: »*Die Känguru-Chroniken!*«

Edgar schüttelt den Kopf und formt ein Megaphon mit seinen großen Händen. »Alle auf Station bitte kommen, hier spricht ihr Nachtdienst. Achtung, Achtung, Schlafenszeit!«

Alina reagiert immer noch nicht auf ihn, sondern streckt sich übertrieben und gähnt dabei. »Wir lieben beide Katzen und Kängurus. Wir sind füreinander gemacht, Jesus!«

Sie lügt dich an. Sie hasst dich. Sie lacht über dich. Sie wird dich überleben. Sie wird glücklich. Nicht mit dir.

»Hey, Jesus! Fick die Stimme, hab ich gesagt!«, schreit mich Alina plötzlich an, vermutlich weil ich nicht reagiere, einfach nur dasitze und vor mich hinstarre, wie immer, wenn die Stimme zu mir spricht.

Doch Alina kann echt noch einmal ein paar Dezibel lauter schreien als die Stimme.

Edgar hat sich hinter der Couch aufgebaut. »Äääh … okay, Alina, das war dann das geistreiche und letzte Wort zum Abend. Jetzt aber GUTE NACHT!«

Alina steht auf, drückt mir einen Kuss auf die Stirn und verschwindet in ihrem Zimmer.

Edgar reicht mir die Hand, und ich ziehe mich von der Couch hoch.

»Oyasumi«, sagt er, weil er ein paar Wörter auf Japanisch von mir gelernt hat. Er bettelte förmlich darum, doch ich vermute so langsam, das ist wie mit Katha und ihrem *Game-of-Thrones*-Tick.

Edgar will mich einfach nur beruhigen, weil er weiß, was Japan für mich bedeutet oder besser gesagt: bedeutet hat.

Richtig, Japan ist für dich gestorben. Du wirst Japan nie wieder sehen. Du bist schuld daran und du …

Ich versuche gegen die Stimme anzudenken, verbeuge mich leicht vor Edgar. »Oyasumi Nasai.«

»Nasai? Ich hoffe, das war jetzt keine Beleidigung«, sagt Edgar und lächelt.

»Nein, nein! Das war die höflichere Form für *Gute Nacht,* also übersetzt heißt das: *Ruhe dich bitte aus.* Doch das wollte ich Ihnen nicht beibringen, die japanische Sprache ist einfach zu komplex.«

»Verstehe«, sagt Edgar und reicht mir zwei Bücher, die bis eben unter seinem Arm klemmten. »Hat deine Mutter vorher noch vorbeigebracht.«

»Meine bestellte Einschlaflektüre!«

Edgar betrachtet die Cover. »*Per Anhalter durch die Galaxis* und die *Bibel.* Spannende Kombi.«

KONNICHIWA

»Verdammt. Es fehlt anscheinend immer noch ein Teil des Puzzles.«

Gosho Aoyama, *Detektiv Conan*, Band 1

PAUL

Sechs Monate vor der Einweisung in die Akutstation

Hi, Lien!

Was ist???????

Das liest sich jetzt aber eher gestresst.

Es ist zwei Uhr!!

Stimmt.

Und wieso schreibst du mir so spät???

Oder so früh? Das ist eine Frage der Perspektive.

PAUL, sendet sie mir in großen Buchstaben mit ziemlich vielen und ziemlich boshaften Emoticons. Der grün angelaufene Kotzende mit den aufgerissenen Augen ist noch das nettere davon.

Okay, ich schreibe dir, weil du sowieso nicht schläfst.

Und wie konntest du dir da so sicher sein?

Telepathie.

Daran glaubst du nie im Leben, schreibt Lien.

Stimmt. Ich hab dein Handy gehackt.

Du kannst viel, aber das sicher nicht.

Sicher?

Ja!!! Woher wusstest du, dass ich nicht schlafe?

Okay. Ganz einfach, schreibe ich. *Ich sehe es.*

Lien springt von ihrem Schreibtisch auf und läuft zum Fenster, am Bett ihrer schlafenden Mitbewohnerin vorbei. Ich erkenne Lien aus der Entfernung problemlos an ihrer neuen Frisur.

Kaum machte dieser Idiot Schluss mit ihr, rasierte sie sich einen Meter Haare ab. Angeblich schickte sie ihrem Ex-Freund ein Foto von dem nackten Kopf. Soweit lautet zumindest die von Jackson an die Nachwelt übertragene Geschichte.

Wo bist du?, fragt Lien.

Ich schalte mein Handylicht an und winke ihr vom Waldrand aus zu, worauf sie mich sofort anruft.

»Was machst du mitten in der Nacht da draußen?«

»Ich halte es im Internat nicht mehr aus.«

»Und im Wald ist es jetzt viel besser?«

»Nein, aber ich will nach Tokio«, sage ich und halte, um die Sache zu verdeutlichen, meinen Rucksack hoch.

»Nach Tokio? Um zwei Uhr nachts …«

»… oder morgens, das ist eine Frage der Perspek…«

»Egal! Nach Tokio? Bist du verrückt?«

»Wir laufen zum Bahnhof. Das dauert eine Stunde. Dann bekommen wir den ersten Zug.«

»Hast du eben WIR gesagt?«

»Ja, klar. Also, allein will ich jetzt auch nicht durch den Wald laufen. Ich bin ja nicht bescheuert.«

»Paul, nie im Leben bin ich dabei.«

»Nur ein Tagesausflug.«

»Nein.«

»Du musst auf andere Gedanken kommen.«

»Was weißt du?«, fragt sie.

»Das, was alle wissen, denn das, was eigentlich keinen etwas angeht, spricht sich immer am schnellsten herum.«

»Aha, denke aber, du kennst dich nicht wirklich mit solchen Themen aus.«

»Das ist nicht so nett gesagt.«

»Stimmt. Entschuldigung«, sagt sie.

»Egal, auch ohne Beziehungserfahrungen kann ich das beurteilen: Der Typ ist ein Idiot. Ich meine, wer beendet denn bitte seine Beziehung mit einer Nachricht auf WhatsApp? Nach zwei Jahren! Und dann schreibt er dir auch noch, dass er sich neu verliebt hat.«

»Wer hat dir das erzählt?«

»Jackson, und der hat es von Ella, glaube ich. Und das mit deinem neuen Haarschnitt war ja auch nicht die Top-Secret-Aktion, ich meine, da fragten sich ja alle, was los ist mit dir.«

»Und was sollen wir in Tokio?«

»Endlich stellst du die richtigen Fragen.«

»Gibst du auch die richtigen Antworten?«

»Tonnenweise Süßes einkaufen in Harajuku, ordentliches Sushi essen in Ginza, danach neue Mangas suchen in Akihabara.«

»Was ist mit dem Unterricht?«

»Der findet vermutlich auch ohne uns statt.«

»Wir werden Ärger bekommen«, sagt Lien.

»Offiziell sind wir krank, und wenn was auffällt, was sollen die machen? Vom Internat fliegt keiner, die brauchen das Geld von unseren Eltern.«

»Letztes Jahr ist ein Schüler rausgeschmissen worden.«

»Der hatte angeblich Drogen ins Internat geschmuggelt, wobei es vermutlich nur ein paar Gramm Gras waren, da sind sie total streng, während hier abendlich Komasaufen veranstaltet wird, was auch verboten ist, aber trotzdem alle tolerieren, weil kollektiver Alkoholkonsum ein gesellschaftlich akzeptierter Drogenmissbrauch ist, was ich …«

»Ich komme mit – aber unter drei Bedingungen.«

»Einverstanden.«

»Hör mir doch erst mal zu!«

»Gut.«

»Also, erstens, du hältst keinen Vortrag über die Legalisierung von Drogen. Zweitens, du sprichst nicht über David Bowie. Drittens du hörst keine Songs von den Monty Pythons und …«

»Das waren schon drei!«

»Warte, wir machen das anders. Du redest einfach gar nichts, und ich darf die Musik aussuchen.«

»Damit kann ich leben.«

»Und noch eine Sache.«

»Alles, was du willst.«

»Mach dir jetzt keine Hoffnungen oder so. Zwischen uns läuft nichts. Ich komme mit, weil … weil …«

»Du Tokio liebst?«, schlage ich vor.

»Weil ich selbst nicht weiß, was ich gerade empfinden soll, egal für wen, für mich, für dich, für meinen Freund, für die Welt, für alles einfach …«

»Okay«, sage ich und will das Thema wechseln. »Hast du eigentlich Angst vor Wildschweinen?«

»Nein«, sagt Lien ziemlich überzeugend.

»Ich schon. Und was ist mit den Kragenbären?«

»Glaube, die sind nur eine Legende, da hat noch keiner von uns einen gesehen.«

»Wer war von uns schon mal nachts allein im Wald?«

»Wir sind einfach laut genug, dann gehen uns die Tiere aus dem Weg.«

»Ich dachte, ich darf nicht reden?«

»Ich drehe die Musik auf«, sagt Lien und legt auf.

Fünf Minuten später steht sie in einer knielangen atmungsaktiven Jack-Wolfskin-Jacke neben mir.

Sie stopft zwei Flaschen Wasser in meinen Rucksack. »Wieso trägst du immer nur diese Shirts mit kurzen Hosen?«

»Weil das hier nicht Grönland ist. Und wieso trägst du so eine Winterjacke in XXL?«

»Das ist ein Parka, die sind immer so lang.«

Eineinhalb Stunden später sitzen wir im Shinkansen nach Tokio und entfernen uns mit 258 Kilometer pro Stunde von diesem nervenden Internat mit all seinen nervenden Menschen.

Viel mehr Platz als im ICE ist hier auch nicht, aber die Japaner verhalten sich in ihren Zügen sehr ruhig. Vermutlich, weil sie sich nicht so über die Verspätungen aufregen müssen wie in Deutschland.

Im Wald sind uns weder Wildschweine noch Kragenbären begegnet, und vermutlich sind beide Tierarten längst ausgestorben, doch wird der Glaube an sie von der Internatsleitung aufrechterhalten, damit keiner, wie Lien und ich, nachts nach Tokio ausbüxt.

Lien kratzt sich zum fünfzigsten Mal über den Kopf, und ich vermute, sie hätte gern ihre langen Haare zurück, was ich aber nicht abfrage, weil ich versprochen habe, nicht zu reden, was auf Dauer nicht funktioniert, aber ich zumindest während der Zugfahrt ein bisschen versuchen kann.

Lien zieht endlich den Parka aus und rollt ihn zusammen. Darunter trägt sie noch einen mindestens genauso dicken Wollpullover.

»Wir sind aufgeflogen«, sagt Lien und legt ihr Handy auf meinen Klapptisch.

Ich lese die Nachricht von Dina, ihrer Mitbewohnerin, die vermutlich gerade wach geworden ist. *Wo bist du???*

»Was soll ich schreiben?«, fragt Lien.

»Dass du spontan zurück nach Xiamen reist, um …«

»Du bist wahrscheinlich der Einzige in der Schule, der sich meinen Heimatort gemerkt hat.«

»Danke. Also, schreibe: *Ich bin spontan zurück nach Xiamen gereist, um meinen Ex-Freund zu erschlagen.*«

Lien muss lachen und übernimmt meinen Vorschlag kommentarlos. Was Dina antwortet, teilt sie mir leider nicht mehr mit.

Lien nickt zu meinem Handy. »Und? Hat dein Mitbewohner auch schon Alarm geschlagen?«

»Ryan ist total egal, wo ich bin. Ich hab auch schon im Kleiderschrank geschlafen, das ist dem gar nicht aufgefallen.«

»Im Kleiderschrank? So wie Harry Potter unter der Treppe?«

»Genau so, Ryan hat auch den Charme von Dudley Dursley, findest du nicht?«

»Sagen wir, er hat die Figur. Und da wir gerade beim Thema sind, hast du Lust auf was Süßes?«

»Immer«, sage ich.

Lien rollt ihren Parka wieder auf und zieht zwei Schokoriegel aus einer Tasche. Ich packe ihre Wasserflaschen aus, und wir frühstücken.

Lien beißt nur einmal von ihrem Riegel ab und nimmt nicht mal einen Schluck aus ihrer Flasche. »Mal ehrlich, wieso müssen wir ausgerechnet heute nach Tokio?«

Ich spüle die Reste vom Riegel runter, er klebt furchtbar zwischen den Zähnen. »Nicht wegen der Japanischprüfung heute, bevor du den falschen Eindruck von mir bekommst.«

Lien schreckt hoch, und ihre Wasserflasche kippt um. »Verdammt! Stimmt.« Und auf einmal sieht sie ziemlich niedergeschlagen aus. »Daran hab ich gar nicht mehr gedacht. Das gibt richtig Ärger.«

»Ja, das sicher auch. Aber wie gesagt, nicht wegen der Prüfung. Mich nervt gerade alles. Die Leute stressen mich, der Ort stresst, alles.«

Keiner stresst dich, sagt die fiese Stimme zu mir. Redet sie schon lange? War ich zu kaputt oder zu abgelenkt oder …

Du bist es, der alle stresst! Hörst du? Du bist der Stressmacher.

»… müde, oder?«

Ich schaue durch Lien hindurch und merke erst jetzt, dass sie mit mir spricht.

»Was?«

»Du bist müde, oder?«

Das interessiert sie überhaupt nicht!

»Kann sein, ja.«

Lien reicht mir ihren Parka. »Kannst du als Kissen benutzen.«

»Und du?«

Lien rollt ihn so zusammen, dass er für uns beide als Nackenstütze reicht. Sie drückt ihren Kopf auf den weichen Stoff und schläft sofort ein. Ich versuche es, kann es aber nicht, weil mir ein fieser Satz der Stimme in Dauerschleife durch den Kopf rattert.

Du wirst nie wieder einschlafen! Nie wieder!

Die Stimme hat recht.

Eine halbe Stunde vor Tokio kratzt sich Lien am Arm. Sie wacht dabei nicht auf, sondern macht das ganz automatisch. Ihre Hand verschwindet im Ärmel, und sie zieht die Baumwolle ein paar Zentimeter hoch. Ihr linker Unterarm liegt frei.

Die Finger reiben über die roten Striemen, die schon blutig gekratzt sind. Zwischen jeder der roten Linien ist ein halber Zentimeter Platz. Ich weiß, wie Lien sich verletzt hat, und ich weiß, warum sie es getan hat.

Meine beiden Schenkel sehen auch so aus wie diese Stelle von Lien am Unterarm.

Ich ziehe Liens Pullover vorsichtig wieder runter, bis keine der entzündeten Wunden mehr zu sehen ist, und schlafe mit Blick auf die ersten Hochhäuser Tokios endlich ein.

Lien rüttelt mich wach. »Wir sind da! Komm schon.«

Auch wenn ich nur eine Minute weg war, fühlt sich das gut an. Ich konnte einschlafen! Die Stimme hat keine Ahnung, sie hat mich angelogen! Sie lügt, wie sie immer lügt, nur um mich zu verletzen.

Schau dir die Wunden an deinen Beinen an. Das ist das Einzige, was zählt. Nicht ich verletze dich, du verletzt dich selbst!

»Komm endlich«, ruft mir Lien zu, die schon am Ausgang steht.

Am Bahnsteig packe ich meinen Schirm aus dem Rucksack.

»Das ist jetzt nicht dein Ernst?«, fragt Lien.

»Funktioniert auch als Sonnenschirm«, erkläre ich und spanne den Schirm auf, woraufhin Lien nur den Kopf schüttelt und sich bei mir einhakt.

NEKO HEISST KATZE

»Wir wählen, wen wir
in unsere kleine Welt hineinlassen.«

Robin Williams als Sean Maguire in *Good Will Hunting*

RIKU

Pauls Japanischlehrer in Deutschland

Ich hab die vielen Plakate gesehen, die hingen ja überall in der Stadt. Paul hab ich auf den zwei Fotos natürlich sofort erkannt. *Vermisst,* war die Überschrift.

Ich gehörte bald zu den vielen Freiwilligen, die nach ihm suchten. Mit mir waren auch Pauls Mitschülerinnen und Mitschüler von der Sprachschule unterwegs, die sich alle noch sehr gut an ihn erinnern konnten.

Sie sprachen ihn immer mit *Senpai* an, das ist eine japanische Anrede. Wir verwenden sie in Japan für die Menschen, die viel Erfahrung haben, egal, ob sie jünger oder älter sind.

Die Schüler haben sich auch manchmal mit mir für einen Ausflug oder einfach so getroffen, wobei Paul eher ein Einzelgänger war. Ich erinnere mich an diese Treffen ganz gut. Einmal haben wir uns zum Beispiel zum Eisessen getroffen. Moment … hier ist ein Foto.

[Riku zeigt eine Aufnahme auf seinem Handy.]

Fällt Ihnen was auf?

Alle lachen in die Kamera oder machen eine Grimasse, außer ihm. Paul war in der Gruppe immer sehr ernst, doch wenn wir allein waren, dann taute er auf. Dann erzählte er auch gern etwas von sich oder machte mal einen Witz. Er hatte wirklich einen sehr intelligenten Humor.

Keiner meiner Schüler hat so schnell Japanisch gelernt

wie er. Ich meine damit, wirklich keiner, das hatte ich noch nie erlebt, und ich unterrichte seit zwanzig Jahren in Deutschland.

Paul brauchte keine Wiederholungen, er speicherte es direkt im Kopf ab und war sofort für die nächste Übung bereit. Es konnte ihm beim Lernen der Sprache nicht schnell genug gehen. Auch seine Aussprache war sehr gut.

Vielleicht sage ich Ihnen kurz etwas über die japanische Sprache, wäre das hilfreich?

Also, die Grammatik ist nicht so schwer, wir Japaner verwenden zum Beispiel keine Artikel oder Pluralformen. Doch wirklich herausfordernd für Ausländer sind die vielen Schriftzeichen.

Manchmal zeige ich Eltern eine Tabelle, wenn sie wissen wollen, was ihren Kindern beim Lernen der Sprache bevorsteht. Ich will niemanden abschrecken, aber jeder soll den Aufwand realistisch einschätzen können.

Bei zwei Stunden Lernzeit pro Tag braucht ein Schüler im Schnitt zweihundert Tage Lernzeit für die allererste Prüfung. Das sagt die Statistik, aber wie gesagt, Paul spielte in einer anderen Liga.

Warum er Japanisch lernen wollte? Irgendwann entdeckte er auf einem Flohmarkt die Welt der Mangas. Er stieß auf den bei Kindern sehr populären *Detektiv Conan*, das hatte er mir selbst erzählt.

Und es war offenbar für ihn Liebe auf den ersten Blick. So hat er mir das zwar nicht gesagt, aber er meinte, jede Woche musste seine Mutter für Nachschub sorgen, und zwar nicht nur einen Band, sondern so viel Comics wie möglich.

Ich sah seine beeindruckende Manga-Sammlung bei ihm zu Hause. Also, *nachdem* Paul gefunden wurde …

Seine Eltern sprachen nach seinem Tod oft mit mir über Paul. Das kann ich gut verstehen. Ich lernte diesen jungen Menschen ja auch über drei Jahre lang sehr gut kennen. Und er war wirklich außergewöhnlich.

Na ja, und dann stand ich in seinem alten Kinderzimmer, oder Jugendzimmer wohl eher. Da sah ich in den Bücherregalen fast alle Ausgaben von *Naruto.*

Kennen Sie die Reihe?

Sie ist von Masashi Kishimoto gezeichnet, eine großartige Ninja-Geschichte, also wenn man Mangas mag. Und bestimmt zwei Regalmeter lang nur *Detektiv Conan* von Gosho Aoyama, den hatte ich doch schon erwähnt, oder?

Ich langweile Sie damit bestimmt, aber ich spreche mit meinen Schülern ständig darüber, die sind süchtig nach Mangas.

Paul saß übrigens genau da, wo Sie jetzt sitzen, also an diesem Tisch.

Der Unterrichtsraum hier ist klein, ich weiß, aber so viel Leute wollen ja auch nicht Japanisch lernen.

Paul trank gern den japanischen Grüntee, so wie Sie es jetzt machen. Er liebte die japanischen Süßigkeiten oder die für ihn exotischen Kitkat-Riegel mit Pfirsich- oder Matchageschmack. Inzwischen finden Sie die auch hier in manchen Geschäften.

Und Paul mochte alles mit Fruchtgummi, so wie die in der Schüssel dort, die mit den lustigen Katzen auf der Packung, die haben sogar eine Tatzenform, sehen Sie?

Paul und seine Katzen!

Ich hatte damals ein Katzenfoto irgendwo auf dem Handy, und Paul freute sich riesig.

Neko ist übrigens das japanische Wort für Katze, und

wir lernten es als eines der ersten Wörter, aber vielleicht erinnere ich mich da auch nicht mehr so richtig und glaube das auch nur, weil wir so oft über Katzen gesprochen haben.

Das gilt für alles, was ich ihnen sage, die Erinnerung spielt uns Streiche, diese deutsche Redewendung gefällt mir.

Paul erzählte mir von einem Sommerurlaub irgendwo in Italien. Er hatte mit seinen Schwestern eine kleine Katze gefunden, die fast verhungert wäre. Aber sie fütterten das Tier drei Wochen lang.

Mitnehmen durften sie die Katze nicht, das hatten die Eltern verboten. Ich bin ja selbst Vater, und ich verstehe das natürlich. Wenn wir bei jedem Urlaub die vereinsamten Katzen und verwahrlosten Hunde einsammeln würden, hätten wir ein Tierheim zu Hause.

Da vorne an der Wand, sehen Sie das Bild?

Das mit der Katze links, das hat Paul für mich gemalt. Hinten drauf steht *Domo Arigato,* das heißt *Danke schön* auf Japanisch. Er hat es mir in der letzten Unterrichtsstunde geschenkt. Einen Monat davor hatte er die dritte Japanischprüfung bestanden und durfte somit in Japan zur Schule gehen.

Schließlich ist er dorthin gereist, ins Land seiner Träume.

Ich weiß schon, das klingt sehr romantisch, und so war Paul überhaupt nicht. Aber er redete von nichts anderem mehr als von Japan und davon, mit Japanern dieselbe Schule zu besuchen.

Und Tokio wollte er sehen und so oft wie möglich in Akihabara einkaufen, das ist das berühmte Manga-Viertel dort. Sie können dort nicht nur die Comics kaufen, sondern auch die Kleidung der Manga-Charaktere, kleine Figuren von ihnen oder was immer Sie wollen.

Wir haben uns nach seiner Abreise nicht mehr gesehen. Auch als er zurückkam, da wollte er kein Treffen mit mir. Leider, muss ich dazu sagen, schließlich haben wir sehr viele Stunden zusammen verbracht und gelernt.

Ich war natürlich etwas traurig darüber und hätte zu gern gewusst, wie meine Heimat nun für ihn war. Er hatte ja eine so große Vorfreude gehabt und es kaum abwarten können.

Doch es ging ihm nicht gut, sagten mir die Eltern später. Sowohl in Japan hätte er eine schwere Zeit durchgemacht als auch nach seiner Rückkehr.

Nun ja, ein paar Monate später hingen auch schon diese Plakate mit seinem Gesicht überall in der Stadt.

[Längere Pause, Riku schweigt, er schaut aus dem Fenster.]

Manchmal denke ich, Paul ist immer noch hier, in diesem Raum. Es ist dann fast so, als könnte ich seine Anwesenheit spüren. Ich weiß, das klingt seltsam, und ich bin nicht einmal besonders religiös. Aber ich sehe ihn noch so gut vor mir, wie er hier sitzt.

Und wie er lernt …

Und wie er von Katzen redet …

Und …

Können wir bitte eine kurze Pause machen?

[Etwa fünf Minuten später.]

Entschuldigen Sie, aber es ist nicht leicht für mich, immer noch nicht. Ich bin sonst nicht so nah am Wasser gebaut, was wieder so eine interessante Redewendung ist.

Wo waren wir?

Vielleicht sage ich kurz etwas zum Unterricht?

Ich machte mit Paul Einzelunterricht hier, Paul wäre in der Gruppe nicht richtig vorwärtsgekommen, hätte zu viel wiederholen müssen, weil die anderen einfach nicht so schnell sind wie er. Und dann hätte er sich gelangweilt, und nichts ist schlimmer beim Lernen einer neuen Sprache, als unterfordert zu sein. Obwohl das eigentlich für alles gilt im Leben.

Vielleicht machte Paul aber der Einzelunterricht auch noch mehr zum Einzelgänger. Wenn wir uns in der großen Gruppe auf ein Eis oder so getroffen haben, so war er den anderen immer ein wenig fremd, selbst wenn sie ihn *Senpai* nannten.

Auch sein Kleidungsstil war anders als bei den anderen … Sehen Sie das Foto hier im Eiscafé!

Er trug immer diese dunkelblauen Hosen bis zu den Knien und dunkle, kurze Shirts. Das war so unauffällig, dass es schon wieder auffiel.

Manchmal unterrichtete ich Paul auch in dem Café, dann war in diesem Raum hier eine meiner Kolleginnen mit ihren Schülern.

Paul bestellte im Café immer einen Kakao und manchmal gern später noch einen zweiten. Und er genoss die Aufmerksamkeit.

Paul kam ja aus einer großen Familie, er hatte zwei Schwestern, vielleicht war es auch deswegen etwas Besonderes für ihn, einen Menschen stundenlang nur für sich allein zu haben.

Bis Pauls Abreise lernte ich nur seine Mutter kennen, den Vater sah ich nie. Das ist aber oft so bei uns in der

Sprachschule. Meistens sind es die Mütter, die ihre Kinder bringen und abholen, die das Schulmaterial einkaufen, die mit ihren Kindern lernen und die Vokabeln abfragen. Die mir eine Nachricht schicken, wenn ihr Kind krank ist, oder mich anrufen, wenn sie eine Zusatzstunde vor den Prüfungen wollen. Und die Mütter reisen auch mit ihren Kindern zu den Sprachprüfungen, das sind einheitliche, offizielle Tests, die nur in drei Städten in Deutschland angeboten werden.

Von Pauls Vater wusste ich nur, dass er Geschäftsmann ist, und auch das ist hier ganz häufig so. Die Väter kommen nach einer 60-Stunden-Woche nach Hause, bleiben zwei Tage bei ihren Kindern und fahren meistens Sonntagabend schon wieder auf Dienstreise. Mit den Vätern habe ich praktisch nie etwas zu tun.

Ich kenne das aus Japan und von meinem eigenen Vater sehr gut. In meinem Land ist die Arbeit noch wichtiger als hier, vielleicht haben Sie schon mal von *Karoshi* gehört? So nennen wir in Japan den Tod durch Überarbeitung. Es sterben bei uns schon Dreißigjährige an einem Herzinfarkt, weil der Druck und der Stress so groß sind. Manche treibt es auch in den Suizid, und das ist ein riesiges Problem in Japan.

Aber darüber habe ich mit Paul natürlich nie gesprochen.

Wo war ich stehengeblieben?

Bei den Eltern, richtig.

Wie gesagt, die Mutter kümmerte sich wirklich sehr um ihn. Wir haben hier auch Familien in der Sprachschule, da kommen die Kinder abends in den Unterricht, und sie haben noch nicht einmal etwas zu Mittag gegessen.

Die dürfen hier erst einmal in die Schüssel mit den Süßigkeiten greifen, um überhaupt etwas im Magen zu haben.

Egal, das ist ein anderes Thema, und ich will mich nicht aufregen. Die Sprachschule ist nicht billig, und irgendwo her muss das Geld ja kommen.

Also, bei Paul war es ja nicht so, seine Mutter war da.

Später, als ich die Familie besuchte, da lernte ich auch Pauls Vater kennen. Er ist jetzt mehr zu Hause, glaube ich. Er wirkte auf mich sehr nachdenklich, und ich vermute, er bereut es sehr, nicht mehr Lebenszeit mit seinem Sohn verbracht zu haben. Aber woher sollte er wissen, was passieren würde?

Doch das ist meine Interpretation, schreiben Sie das bitte dazu! Sowieso darf ich niemanden kritisieren, denn während ich Ihnen das erzähle, Ihre Fragen beantworte und mit Ihnen hier Tee trinke, warten meine Kinder ja auch zu Hause auf mich. Und wer kocht ihnen das Abendessen und kontrolliert, ob die Hausaufgaben gemacht sind? Meine Frau!

Noch etwas fällt mir zu Pauls Vater ein.

Er zeigte mir einmal einen kleinen Zettel, und ich las den Aufdruck vom *Park Hyatt Tokyo Hotel.* Sie wissen vielleicht, das ist das Hotel, in dem *Lost in Translation* mit Scarlett Johansson und Bill Murray gedreht wurde.

Es war eine lange Notiz von ihm darauf zu lesen. Es war eine Liste, die er für Paul anfertigen sollte, als sie gemeinsam in Tokio waren.

Der Vater reiste gemeinsam mit Paul nach Japan, um sich das Internat vorab anzusehen. Ich fand das eine sehr gute Idee. Es ist doch eine große Entscheidung, die man da trifft.

Zugleich hatten dort Vater und Sohn zum ersten Mal eine ganze Woche zu zweit verbracht. Das hat mir der Vater später erzählt.

Aber wie kam es nun zu dieser Liste?

Im Hotel hat Paul seinen Vater gefragt: *Welche Filme hast du gesehen?* Oder: *Welche Filme findest du richtig gut?*

Ich weiß nicht mehr genau, was mir Pauls Vater sagte, doch ich erinnere mich ganz gut an den Zettel und daran, was darauf stand.

Pauls Vater notierte über ein Dutzend Filmtitel, und die Auswahl reichte von *Per Anhalter durch die Galaxis* bis *Good Will Hunting,* was übrigens auch einer meiner Lieblingsfilme ist.

Es war komisch, diese Liste in der Hand zu halten. Hatte sich Paul die Filmtitel alle gemerkt? Hat er die Liste abfotografiert? Später hat er alle Filme gesehen, also auch diesen Film mit Robin Williams. Der spielt ja diesen Psychologen, der einen genialen und mathematisch hochbegabten, aber unheimlich schwierigen jungen Mann behandeln muss.

Kennen Sie den Film?

Ich frage mich, seitdem ich diese Liste kenne, ob sich Paul in diesem jungen Mann auch wiedererkannt hat.

Matt Damon spielte ja diese Rolle, also diesen genialen Will Hunting, der so viel Probleme hatte. Das war Ende der Neunziger, glaube ich. Dieser junge Will hatte im Film die Wahl zwischen einer Zukunft als gut bezahltes Mathe-Genie oder der Liebe. Sie wissen, wie der Film ausgeht und wie er sich entscheidet.

Bei Paul fehlte die Lovestory, wobei ich mir da nicht sicher bin. Ich weiß nicht, was in Japan und danach geschehen ist. Darüber sprechen die Eltern nicht mit mir, und ich würde da nicht nachfragen, das ist indiskret, und ich bin auch nach den vielen Jahren in Deutschland noch zu sehr Japaner, um solche Fragen zu stellen.

[Die Tür der Sprachschule geht auf. Stimmen sind im Flur zu hören. Riku schaut auf sein Handy.]

Oh, schon so spät?

Jetzt kommen die Erwachsenen, die wollen ja auch Japanisch lernen. Wir können uns gern noch einmal treffen. Den Unterricht gleich macht meine Kollegin Yuma. Sie braucht diesen Raum jetzt.

[Riku steht auf und nickt zur großen Uhr über dem Türrahmen.]

Paul hatte übrigens immer zwei Uhren am Handgelenk, zwei kleine Digitaluhren. Die eine zeigte die Zeit in Deutschland an, die andere die in Japan.

Ja, das war irgendwie typisch Paul.

[Riku beendet das Gespräch so, wie er es angefangen hat, mit einer tiefen Verbeugung.]

ENTSCHEIDUNGSSCHLACHT

»Natürlich kann ich kämpfen. Ich bin mit vier Geschwistern aufgewachsen.«

Irelia, die Klingentänzerin,
Charakter im Computerspiel *League of Legends*

PAUL

Zweieinhalb Jahre vor Japan

Sofie und Lena stürmen zum Katzenbaby, ich betrachte den Sandhaufen vor mir. Wenn alle Quallen ein so aufwendiges Begräbnis bekämen, wäre dieser schöne Strand voller Hügel und Kreuze.

»Paul!«, ruft Sofie. »Komm schnell!«

Bevor ich meine Schwester erreiche, eilt mir meine Mutter von der Terrasse der Pizzeria entgegen und versucht, mir den Weg abzuschneiden. »Bitte erkläre deinen Schwestern, dass wir diese Katze auf gar keinen Fall mitnehmen können. Ich wiederhole: Auf gar keinen Fall!«

Dass Mütter immer das Schlimmste von ihren Kindern denken müssen, verstehe ich nicht. Oder gehen Erwachsene immer von sich selbst aus und denken, wir sind mindestens so schlimm, wie sie früher gewesen sind?

»Los, Paul! Jetzt komm doch endlich!«, schreit Lena, die neben Sofie vor der Babykatze kniet.

Wäre ich die Katze, würde ich spätestens jetzt abhauen. Bei so hysterischen Kindern will doch keiner freiwillig bleiben. Aber das Katzenbaby bleibt, wo es ist, auf der Mauer vor einem Blumenbeet, in dem ich nur Kakteen sehe.

Als ich bei Lena und Sofie ankomme, weiß ich, wieso sich die Katze nicht von meinen Schreischwestern stören lässt. Das schwarz-weiß gefleckte Ding liegt einfach nur auf den warmen Steinen und bewegt sich kaum.

»Bist du so müde?«, fragt Lena und nimmt die Katze vorsichtig auf den Arm. »So klein bist du und so leicht. Du armes Kätzchen.«

Ich gehe zurück zur Pizzeria und bitte den Kellner um einen Becher mit kalter Milch. Meine Mutter sagt dazu nichts und ist vermutlich einfach stolz, dass ich meine Bestellungen endlich einmal allein aufgebe.

Erst als sie sieht, dass ich mit dem Becher nicht zu ihr an den Tisch gehe, um ihn selbst auszutrinken, sondern zurück zu Lena und Sofie und dem Katzenbaby eile, wird sie nervös.

»Bitte, Paul, lass das! Die Katze hat eine Katzenmutter. Die kümmert sich um alles, auch um die Milch.«

Ich schüttele den Kopf und rufe etwas zu laut zurück: »Das Katzenbaby ist total schwach und allein. Die Katzenmutter ist garantiert überfahren worden.«

Sofie heult schon los. »Überfahren worden?«

Lena schaut vorwurfsvoll zu unserer Mutter. »Mama! Hast du kein Herz? Die Katzenmama wurde überfahren!«

»Paul, was hab ich dir gesagt?«, ruft meine Mutter, die meine manipulativen Tricks natürlich allzu gut kennt.

Sofie schluchzt und drückt ihre kleine Nase auf die kleine Katzenbabynase. »Du armes, süßes Ding bist ganz allein auf der großen Welt.«

Das ist übrigens das Tolle bei kleinen Schwestern: Alles, was ich sage, wird als die absolute Wahrheit angenommen.

Das Katzenbaby leckt den halben Becher aus, und der Schnurrbart ist ganz verklebt. Es stemmt sich auf die Pfoten und drückt seinen Kopf gegen meine Hand, und das fühlt sich wirklich gut an.

»Mama!«, ruft Sofie. »Der Katze geht es schon besser! Sie kuschelt mit Paul.«

»Schön, das ist ganz, ganz toll. Dann können wir jetzt weiter. Wir wollen noch …«

»Okay, Mama.« Lena nimmt die Katze auf den Arm, und wir folgen ihr zu meiner Mutter. »Wir kommen ja schon.«

»Lenamäuschen«, fängt meine Mutter an und ist sich der Ironie dieses Kosenamens an der Stelle nicht bewusst, doch Lenamäuschen auch nicht. »Die Katze kann nicht bei uns bleiben.«

Inzwischen steht mein Vater am Tisch und betrachtet die winzige Katze im Arm seiner Tochter. Entweder wurde ihm das Handy geklaut oder er ist wirklich fertig mit der Arbeit. »Woher habt ihr die denn?«

»Ihre Mama wurde überfahren«, sagt Lena. »Und wir helfen ihr.«

Nach einem langen Hin und Her und einem fiesen Wutanfall von Lena und meiner etwas längeren Rede zum pädagogischen Wert dieser Rettungsaktion geben unsere Eltern auf. Lena, Sofie und ich handeln einen Deal aus: Die erste Woche Urlaub ist vorbei, doch wir haben noch zwei Wochen vor uns. In dieser Zeit dürfen wir die Katze in unserer Ferienwohnung versorgen.

»Doch danach bleibt die Katze hier, auf Sizilien«, sagt mein Vater. »Das hier ist ihr Zuhause.«

»Und es gibt dann kein Theater!«, ergänzt meine Mutter, als würde das etwas daran ändern, dass es selbstverständlich ein riesiges Theater geben wird.

»Klar«, sage ich. »Das ist das Katzenzuhause hier. Hier kennt sich das Katzenbaby schließlich aus. Es versteht ja auch nur Italienisch.«

Lena schaut mich neugierig an, und meine Mutter verdreht die Augen.

Sofie strahlt. »Wollen wir der Katze einen italienischen Namen geben?«

»Wir nennen sie vielleicht einfach Katze«, schlägt mein Vater vor und holt das Handy raus, das also nicht geklaut worden war. »Gatto auf Italienisch.«

Ich tunke meinen Finger in das halbvolle Wasserglas meiner Mutter. Vorsichtig mache ich ein Kreuz auf die Katzenstirn.

»Was wird das jetzt?«, fragt meine Mutter. »Ich dachte, du willst nicht mehr zum Konfi-Unterricht?«

»Das ist eher symbolisch hier, also ohne jahrelange Indoktrinierung und Missionierung.«

»Aha«, sagt meine Mutter.

»Hiermit taufe ich dich, liebes Katzenbaby, auf den Namen Jeanny.« Ich spreche *Jeanny* Englisch aus, und Lena reagiert mit einem »Hä?«.

Und dann fragt sie gleich hinterher: »Wieso entscheidest du das?«

»Alles ist besser als *Gatto*«, sage ich nur.

»Woher hast du denn den Namen Jeanny?«, fragt Sofie.

Meine Mutter lässt den Kopf hängen. »Bitte nicht von Falco.«

»Zu spät«, erkläre ich. »Die Katze ist getauft. Nun entscheidet nur noch der Katzengott über ihr Schicksal.«

»Wer ist Falco?«, fragt Sofie.

Mein Vater winkt ab. »Das war ein Musiker aus Österreich.«

Meine Eltern schauen mich vorwurfsvoll an, sie kennen den Songtext so gut wie ich.

Während mein Vater mit Sofie und Lena zum Parkplatz und unserem Leihwagen gehen, spricht meine Mutter leise mit mir weiter. »Wieso Jeanny? Die wurde in diesem Lied tot im Wald gefunden. Ermordet!«

»Irgendwie antiquiert, so wie du *Lied* sagst. Dazu sagt man seit über zwanzig Jahren *Song*.«

Meine Mutter reibt sich über die Schläfen, holt übertrieben viel Luft und lässt die Lippen flattern. »Gut, es ist ein Song, natürlich kein Lied. Wie konnte ich mich nur so unpräzise ausdrücken? Also, Falcos Jeanny wurde tot im Wald gefunden, richtig?«

»Genau«, sage ich. »Und sterben wird das Katzenbaby auch. Weil wir es nicht mit nach Hause nehmen dürfen. Deswegen Jeanny!«

»Aber ihr dürft es zwei Wochen lang füttern und aufpäppeln in der Ferienwohnung. Das reicht ganz sicher schon zum Überleben.«

»Nicht in dieser brutalen Welt«, sage ich.

Auf der Fahrt zur Ferienwohnung bekomme ich eine Nachricht von Noah. *Wo steckst du? Dein Team wartet!*

Verdammt!

Unsere tägliche Mittagsschlacht, die hatte ich bisher an keinem Urlaubstag verpasst, selbst als der Tagesausflug nach Palermo eingetaktet war, konnte ich aushandeln, dass wir erst nachmittags dorthin gehen, weil es tagsüber einfach zu heiß ist, was ja nicht einmal gelogen war.

Und jetzt hat mich Jeanny ganz aus dem Zeitplan gebracht. Ich schreibe Noah eine Antwort. *Sorry, musste Leben retten, ich bin bei euch in …*

»Wie lange brauchen wir noch?«, frage ich meinen Vater.

»So lange wie beim Hinweg.«

»Verrätst du es mir? Mama?«

»Nicht so schnell in die Kurven«, sagt Sofie, bei der Jeanny auf dem Schoss sitzt und sich den Hals massieren lässt. »Kurven mag Jeanny nicht.«

Wann bist du jetzt da???, schreibt Noah. *Alle warten!!!*

In genau sechs Minuten und fünfzehn Sekunden, improvisiere ich.

So lange warten die nicht!

Eine Viertelstunde später sitze ich endlich am Laptop, hab den Kopfhörer mit dem Mikro auf und bin bereit. Noah ist super sauer, die anderen Mitspieler sind schon weg. Wir suchen uns neue, und Noah verteilt die Rollen.

»Paul geht Jungle, und ich geh Toplane, dann …«

»Jungle, nee, oder?«, beschwere ich mich lautstark.

»Paul, wer zu spät kommt, den bestraft das Leben.«

»Toller Oma-Spruch«, sagt einer, der angeblich gerade in Berlin sitzt. Die zwei anderen Neuen kommen gar nicht dazu, groß mehr von sich zu erzählen, Noah will endlich zocken.

Keine fünf Spielminuten sind vorbei, da schreit schon HELDENTIM21 herum. »Ich mach hier jetzt mal richtig Damage!«

»Und wie, bitte?«, fragt der Berliner.

»Mein Champ ist so overpowered, ich zieh dem Gegner zwei Drittel Leben ab mit einer Spell Rotation!«

»Von wegen. Der ist gerade mal Halflife.«

»Der hat 'nen Trank genommen.«

Jetzt mischt sich Noah ein, doch weil Sofie neben mir steht und an meinem Shirt zieht, bekomme ich nur ein paar Fetzen davon mit.

»… viel später, wenn du dann Ultimate zum Farmen einsetzt und …«

»… ach was, da kann er lange rumfighten, und hey, der soll sowieso erst mal unter dem Tower farmen, weil …«

Sofie zieht mir die Hörer vom Kopf. »Paul!«

»Was?«, rufe ich etwas zu laut, und bei Sofie sammeln sich sofort Tränen in den Augen.

Oh nein, bei ihr geht das immer unglaublich schnell, und es ist ihre stärkste Waffe.

Sofie braucht kein Riesenschwert, keine Klaue des Meuchlers und keine Dämmerungsklinge von Drakthar. Sie heult einfach los und hat schon gewonnen.

»Entschuldige«, sage ich und zeige auf den Monitor. »Hier gibt es keine Pause oder so. Ich muss das zu Ende spielen. Noah ist auch dabei, den kennst du doch und …«

»Aber Jeanny zittert.«

»Wo ist sie denn jetzt?«

»Auf dem Sofa.«

»Da vorne, im Schrank, nimm dir meinen Pullover und bau ihr eine Höhle.«

»Eine Höhle? Sie ist eine Katze.«

»Stimmt. Ein Nest, okay?«

»Nest?«

»Irgendwas halt, bitte!«

Ich setze mir den Kopfhörer nur einseitig auf und mache mich auf Proteste gefasst. Doch Noah nervt mich gar nicht, dem fällt nicht einmal auf, dass ich hier gerade etwas abgelenkt war, denn er diskutiert immer noch mit dem Berliner, offenbar kennen die sich.

»… der hätte sich damals doch Dingsens mitnehmen können … hätte mehr Value als … als …«

»… als Unflinching?«, schlägt der Berliner vor.

Ich bin wieder im Spiel, kille den gegnerischen Midlaner, und da steht Lena an der Tür.

»Jeanny hat gekotzt!«

Das ist gar nicht gut, wenn das unsere Eltern sehen, ist die Katze wieder obdachlos.

»Noah, äh … Leute, ich muss jetzt mal kurz weg.«

»Weg?«, lacht HELDENTIM21, der das für einen Witz hält.

»Nein, echt jetzt.«

»Hast du Durchfall oder was? Man kann nicht einfach raus. Wir losen sonst ab.«

Noah schaltet sich ein. »Paul zockt seit hundert Jahren *League*, der weiß das.«

Kurz darauf bekomme ich eine Nachricht von ihm aufs Handy. *Hast du da unten einen Sonnenstich bekommen?*

»Leute«, sagt der Berliner, »kann man eigentlich einen Polar-Pyromagus mit einem Feuerpfeil onehitten?«

»Hä?«, macht HELDENTIM21 übertrieben laut. »Du zockst jetzt nebenbei noch Zelda oder was?«

»Mein kleiner Bruder, der fragt das gerade«, sagt der Berliner.

»Keine Ahnung«, sagt Noah. »Ich hab nicht einmal eine Switch. Aber Paul, du hast doch eine. Paul? Hallo?«

Lena wartet heulend am Türrahmen, Sofie ruft etwas von der Couch von wegen »riesige Schweinerei«, und meine Mutter meldet sich aus dem Schlafzimmer. »Lena, Sofie! Könnt ihr bitte mal eine Stunde leise sein. Mittagspause, nur eine Stunde, bitte! Hört doch ein Hörspiel zusammen.«

Noah wird mich hassen, aber das ist immer noch besser, als Jeanny zu verlieren. Ich schalte den Laptop aus, ohne vorher die Apps zu schließen, und hoffe, dass das für die anderen wie Stromausfall in Süditalien aussieht.

Sofort textet mir Noah auf das Handy. *Bist du krank? Was soll der Scheiß?*

Ich werfe das Handy auf mein Bett und laufe zu Jeanny, die inzwischen auf einem Badetuch liegt und vor sich hin schnurrt. Mein mit Milch vollgespuckter Pulli liegt auf dem Boden.

Sofie sucht auf ihrem Tablet nach einem Hörspiel, während Lena und ich auf dem Tablet meiner Eltern googeln, um uns schnellstmöglich sehr, sehr viel Katzenwissen anzueignen.

Das mit der Milch war nicht die beste Idee, aber woher sollte ich wissen, dass Katzen laktoseintolerant sein können?

Und wie alt ist Jeanny eigentlich?

Davon hängt jetzt offenbar sehr viel ab, zum Beispiel auch, was sie von uns zu essen bekommt. Also vergleichen wir Katzenfotos im Internet, um das Alter zu erraten.

»Unsere ist größer als die da«, sagt Lena. »Aber nicht dicker, eher so wie die.«

»Vier, fünf Monate etwa?«, frage ich, und darauf einigen wir uns.

Doch die Bezeichnung Katzenbaby geht jetzt nicht mehr.

»Wir brauchen ein neues Wording!«

»Brauchen was?«, fragt Sofie, die bei den *Drei Ausrufezeichen* das furchtbare Intro mitsingt: »Mädchen sehen vieles anders, können manches besser, bleiben stets am Ball …«

»Ich meine, das Wort *Katzenbaby* geht nicht mehr, das hier ist ein Kätzchen. Obwohl, wartet, hier steht wieder was anderes, ach je, da ist sich die Fachwelt nicht einig.«

Egal, wir haben eine ganze Liste von Aufgaben vor uns. Ich weiß nicht einmal, ob wir hier auf Sizilien einen Laden mit Tierbedarf finden.

Doch für *prodotti per animali,* was auf Italienisch laut Google Tierbedarf heißt, gibt es ein Dutzend rote Punkte auf der Insel. Leider aber keinen bei uns in der Nähe.

Egal, einfaches Katzenfutter (*cibo per gatti*) gibt es sicher auch im Supermarkt vorne bei der Bushaltestelle.

Während Lena und mir so langsam klarwird, dass die Rettungsaktion komplizierter wird als gedacht, ist Sofie tiefenentspannt. Sie kuschelt mit Jeanny und lässt *Die drei Ausrufezeichen* den nächsten Fall ermitteln.

Es ist Folge 33, *Küsse im Schnee.* Auf dem Tablet rollt ein lila Schlitten durch das Eis. Der Mann mit dem blauen Pullover hält die Zügel und wird von der rothaarigen Franzi mit den pinken Handschuhen angehimmelt.

»Was für ein beknacktes Gender-Marketing«, sage ich.

Sofie und Lena reagieren überhaupt nicht.

»Was meinst du?«, fragt meine Mutter, die ihr Projekt Mittagsschlaf aufgegeben hat.

Ich zeige auf das Tablet. »Jeanny würde ich doch niemals einen pinken Fressnapf kaufen, nur weil sie eine Katze ist und kein Kater.«

Meine Mutter spricht leise weiter, weil Sofie schon so böse geschaut hat. »Stimmt, ich glaube aber, einem Tier ist das ziemlich egal mit der Farbe.«

»Pssst!«, sagt Sofie.

Ich stehe auf und gehe mit meiner Mutter in die Küche. »Aber wieso sollte das bei uns Menschen anders sein? Wir gehören bei den Primaten zu den Altweltaffen, sind also wie die Katze auch Säugetiere.«

»Ich versuche, doch noch mal zu schlafen«, sagt meine Mutter und verschwindet wieder im Schlafzimmer.

Noah hat inzwischen das Texten aufgegeben, doch ich werde mindestens eine Stunde brauchen, um alle Hassbotschaften von ihm später durchzulesen. Ich verstehe ihn ja, der wollte zocken, Gold sammeln und sein Rating verbessern, und da mache ich einen auf Stromausfall.

»Was will Jeanny eigentlich essen?«, fragt Sofie, die kurz mal auf Pause drückt, worüber ich mich wirklich unheimlich freue.

Ich schaue auf den Einkaufszettel. »Also, wir brauchen fertiges Trockenfutter, fertiges Nassfutter, und wir müssen auch noch selbst etwas kochen, da hat Lena ein gutes Rezept gefunden.«

»Wieso so viele Sachen?«

»Damit sich der kleine Magen an alles gewöhnt, so steht es hier zumindest«, sage ich und zeige auf das Display. »Und hier heißt es in den ersten Monaten bis zu zwanzig Fütterungszeiten pro Tag und auch nachts …«

»Ich bleibe wach«, unterbricht mich Sofie.

»Musst du nicht, da können wir einfach was bereitstellen«, fasse ich den Katzentext zusammen.

Lena und ich lesen uns als Nächstes in die Katzenpsychologie ein. Was bedeuten die Kopfhaltung, Ohrhaltung, Pfotenhaltung, Schwanzhaltung, Körperhaltung insgesamt, und was dürfen wir auf keinen Fall anfassen oder machen?

Bei Sofies Hörspiel ist gerade eine Lawine abgegangen und Skilehrer Toni verschwunden, worauf Franzi, Kim und Marie natürlich der Sache auf den Grund gehen.

Lena und ich verschwinden in den kleinen Supermarkt bei der Bushaltestelle und finden tatsächlich ein paar Dosen und Trockenfutter mit Katzen drauf. Und weil Lena nervt (»Jeanny hat so viel Hunger!«), kaufen wir auch gleich Zutaten für unser erstes selbst gekochtes Katzenmenü ein.

Zu Hause hört Sofie inzwischen, wie Felipe seiner Franzi vom *Liebesschwur Silvester* erzählt, und ich stehe auf dem Schlauch. Saß Franzi nicht beim Skilehrer Toni im Schlitten? Oder war das nur auf dem Cover ein fieses Täuschungsmänover für die unschuldige Zuhörerschaft?

»Sollten wir uns nicht lieber küssen statt zu streiten?«, säuselt gerade Felipe, und ich würde am liebsten neben die Katzenkotze kotzen.

Endlich feiern *Die drei Ausrufezeichen* ihren letzten Hüttenabend, und der Albtraum hat ein Ende.

Als mein Vater nach der Mittagspause in die Küche kommt, stehen Sofie, Lena und ich vor dem dampfenden Topf. Jeanny schmatzt eine halbe Dose Katzenfutter weg.

Mein Vater staunt. »Ihr kocht?«

Meine Mutter stellt sich zu ihm und holt zwei Kaffeetassen aus dem Schrank. »Toll. Was macht ihr uns denn?«

Mit den Mengen hatten wir uns ziemlich verkalkuliert, und der Brei aus einem halben Kilo Rindfleisch, drei Esslöffeln Reis und einer halben Karotte ist viel zu viel.

»Ist für Jeanny«, sagt Lena, und meine Eltern gehen sprachlos mit zwei vollen Kaffeetassen zum Sofa.

Die nächsten drei Minuten herrscht Frieden in dieser Ferienwohnung.

Die drei Ausrufezeichen schweigen.

Meine Schwestern schweigen.

Meine Eltern schweigen.

Selbst ich bin mal ruhig.

Nur die Katze sagt *Miau* und stupst mit einer Pfote an ihre leere Schüssel.

Dann niest meine Mutter und kurz darauf noch einmal und schließlich gleich dreimal hintereinander. Und ich weiß, ab jetzt wird alles anders.

Noch in derselben Stunde muss Jeanny auf die Terrasse umziehen, was sie überhaupt nicht stört, aber meine Schwestern und mich total fertig macht.

»Katzenallergie«, sagt meine Mutter mit knallroten Augen und kratzt sich einen Arm wund. »Wusste nicht, dass ich allergisch bin.«

»Ist vielleicht auch eher psychisch bei dir?«, versuche ich es, und meine Mutter schaut mich ziemlich böse an.

Zwei Wochen später, bei unserer Abreise, flitzt Jeanny durch den Garten, rammt ihre Krallen in die Baumrinde und dreht sich auf den Rücken, um gestreichelt zu werden.

Dem Vermieter lassen wir Katzenfutter für die nächsten fünf Monate da, und als er Sofie und Lena verspricht, Jeanny zu füttern, schaut er ernst und fast ein bisschen wütend zu meinem Vater, und sein Blick sagt: *Sie zwingen mich dazu, Ihre Töchter anzulügen!*

Den Leihwagen geben wir beim Flughafen ab, und drei Stunden später sitze ich neben meiner Mutter an Bord, das war nicht ihr Wunsch, sondern meiner.

»Die durchschnittliche Lebenserwartung einer Katze in Sizilien beträgt eineinhalb Jahre.«

Meine Mutter klappt ihren Tisch hoch. »Ich wusste es!«

»Sonst können freilebende Katzen zehn Jahre alt werden.«

»*Deswegen* wolltest du neben mir sitzen.«

»Hauskatzen bis zu fünfzehn Jahre.«

»Bitte nicht. Wir hatten schon deine Konfi-Diskussion, in der ersten Woche, so fing der Urlaub an, erinnerst du dich? Lass den Urlaub nicht mit der Katzen-Diskussion zu Ende gehen.«

»Jeanny ist nicht mal geimpft, sie hat keine Chance.«

Meine Mutter wischt über ihr Handy. »Hier steht es! Geschätzt vier Millionen Streunerkatzen gibt es in Italien. Die können wir nicht alle retten.«

»Die Seite kenne ich, stimmt, in Südeuropa ist der Divisor fünfzehn. Also Einwohnerzahl geteilt durch fünfzehn ergibt den Wert des Quotienten.«

»Die Anzahl der Streunerkatzen?«, fragt meine Mutter und dreht sich zu meinem Vater um, der bei Lena und Sofie sitzt.

Ich schaue meine Mutter so vorwurfsvoll an wie möglich. »Für dich ist die arme Jeanny nur das Ergebnis einer Matheaufgabe, stimmt's?«

Meine Mutter steht auf. »Ich frag mal deinen Vater, ob er den Platz tauschen will.«

»Oh Jeanny«, sage ich und singe wie Falco weiter. »*Such a lonely little girl in a cold, cold world.*«

ZWISCHENRUFE

Der Abgrund zerrt an mir. Aber ich bin stärker.

Wolfgang Herrndorf, *Bilder deiner großen Liebe*

NOAH

Pauls bester Freund

Bester Freund? Na ja, so einfach ist das nicht. Wir hatten gute Phasen, da waren wir ganz dick. Und dann war jahrelang wieder Pause, obwohl wir sogar in derselben Klasse waren. Das lag aber an Paul. Nicht an mir. Ich mochte ihn immer total. Doch ich war für ihn zwischendurch nicht so wichtig. Das dachte ich zumindest.

Bis zum Anruf, mitten in der Nacht, also in Pauls letzter Nacht. Erst wollte ich nicht rangehen. Daran darf ich gar nicht denken. Hätte ich da weitergeschlafen …

Also, ich geh ran. Erst hab ich befürchtet, Paul labert wieder drauflos, und das dauert dann. Es war ja auch echt spät, deswegen wollte ich mich rausreden. Wir hatten zwar keine Schule mehr. Corona sei Dank. Doch schlafen wollte ich ja trotzdem.

Aber irgendwas war anders als sonst. Paul redete nicht eine Stunde über Bowie oder diesen speziellen Manga-Zeichner. Bei dem hab ich aber den Namen vergessen, und ich hätte ihn sowieso falsch ausgesprochen. Paul konnte ja super Japanisch, für den war das alles kein Problem.

Paul ging es in dieser Nacht am Telefon sowieso um was ganz anderes, nämlich das, was zwischen uns war. Oder eben nicht war.

Ich hab's verkackt, hat er gesagt.

So oder so ähnlich.

Obwohl, nee, so sprach er gar nicht. Aber so hab ich es abgespeichert. Vielleicht hätte ich das an seiner Stelle so gesagt.

Ich sag die Sachen immer frei raus, Paul verpackte alles in viel mehr Worte, und die waren dann eher nicht so direkt wie meine.

Auf jeden Fall hat Paul am Telefon eine Sache total leidgetan. Und zwar hätte er gern mehr Zeit mit mir verbracht, also in den letzten Jahren. Aber irgendwie hat er mich aus den Augen verloren. So hat er mir das erklärt. Und dafür hat er sich entschuldigt.

Ich hab gesagt, dass das okay ist für mich. Dass er sich nicht entschuldigen muss.

Überhaupt war das total komisch. Wer Paul kennt, der weiß, wie selten das ist. Entschuldigen war nicht sein Ding. Oder überhaupt, so über Gefühle reden. Das machte er nicht oft, eigentlich nie.

Obwohl, als er aus Japan kam und nach der Klapse, da war das anders. Ach so, Klapse … sorry, das ist Pauls Wort!

Ich hatte immer brav und korrekt *Klinik* gesagt. Da war Paul mal direkter als ich, redete nicht lange um den heißen Brei.

»Wie war es in der Klinik?«, fragte ich. »Hattest du Freunde in der Klinik?«

Aber Paul hat das aufgeregt. »Ich bin ein Klapsenkind!«

Klapse also, okay, kein Stress.

Paul hatte da Freunde, und die haben zusammen sogar ein Klapsenlied getextet. Das hab ich aber nie gehört. Paul hat mir davon nur nach der Klapsenzeit erzählt, bei seinen Telefonmonologen.

Klingt jetzt komisch, aber wie gesagt, nach der Klapse, da hat er mehr über seine Gefühle gesprochen. Das lag vielleicht weniger an dem, was in der Klapse geschah, als an dem, was er danach machte. Er war nämlich ständig bekifft, und irgendwie hat ihm das geholfen.

Nee, ich spreche da nicht aus eigener Erfahrung.

Ich bin eher der Biertrinker, doch damit konnte man Paul jagen. Er konnte mit Alkohol gar nichts anfangen.

Gras rauchen dagegen, das war genau seins.

»Weed …«, sagte er ziemlich oft am Telefon. »Weed, ich brauche mehr Weed!« Und dann erzählte er von einem Typen aus unserer Schule, warum der *das beste Weed* verkaufte. Ich sollte doch auch mal probieren.

Doch ich hatte keinen Bock.

Paul hat ja in der Klapse erfahren, dass er Autist ist. Vielleicht wirken Joints bei Autisten noch extremer?

Bei seinem letzten Anruf war er definitiv total bekifft.

Und er sprach die ganze Zeit über seine Gefühle. Wer ihn wann verletzt hatte, was ihn an unserer Schule nervte und was in Japan los war.

In ein Mädchen war er dort verliebt, hoffnungslos offensichtlich. Die hieß Lien, kam aus China. Mehr hab ich mir nicht gemerkt.

Sonst hat er nie über so etwas mit mir gesprochen. Klingt seltsam, ich weiß.

Das war in dieser Nacht fast schon unheimlich.

Ich hörte ihm einfach nur zu, wie sonst auch, wenn er seine Manga-Monologe hielt. Das war okay für mich, es war ja meistens auch interessant. Und dass er nicht groß fragte, wie es mir geht, was ich so mache, daran hab ich mich gewöhnt. So war er früher schon gewesen.

Dann, nach einer Stunde oder so, da will er Schluss machen am Telefon. Und ich bin eigentlich ganz froh, weil ich immer noch total müde bin. Und dann sagt er diesen Satz.

Das klingt jetzt komisch, aber das hat er wirklich genau so gesagt: *Noah, du warst die Liebe meines Lebens.*

Dazu konnte ich gar nichts sagen. Ich glaube, der hat es nicht so gemeint, wie es klingt. Und wenn doch, wäre das auch okay für mich. Damit hab ich kein Problem.

In der achten Klasse oder so hat Paul mit Zoe diskutiert. Die stand auf Mädchen und wollte von allen von uns ein Coming-out. Wer ist homosexuell, wer ist hetero, wer ist bi?

Paul hat da gesagt, er ist pansexuell.

Ich stand daneben und kannte das Wort so wenig wie Zoe oder sonst jemand in der Klasse. Paul warf immer mit so Wörtern um sich, die keiner kapierte, außer vielleicht die Lehrer.

»Also, du bist jetzt nicht hetero oder was?«, versuchte es Zoe, glaube ich.

Doch Paul sprach schon über das nächste Thema. Ich denke heute, Paul war eher so der non-binäre Typ, also, wollte sich auch nicht festlegen auf sein eigenes Geschlecht.

Eine richtige Beziehung zu einem Jungen oder einem Mädchen hatte er, glaube ich, nie. Aber da war er nicht der Einzige, damals. Das ging bei uns in der Klasse erst so ab der Elften richtig los, bei den Jungs, meine ich. Und da war Paul ja schon tot.

Ich hab oft mit meiner Freundin über Paul gesprochen. Was er alles verpasst hat, meine ich. Sie hat ihn ja nie kennengelernt, wir kamen erst später zusammen. Aber sie meinte, dass er vielleicht gar keine Beziehung wollte.

Aber das glaube ich nicht.

Ich zeigte meiner Freundin den Zeitungsbericht über diese Suchaktion. Und dann die Meldung der Polizei, als sie Paul endlich gefunden hatten.

Ich konnte damals nicht bei dieser Suche helfen. Hunderte haben sich freiwillig gemeldet, ich war nicht dabei.

Das war echt alles zu viel für mich. Ich lag einfach nur im Bett zu Hause und hab geheult. Irgendwie wusste ich, dass sie Paul nicht lebend finden werden. Und mir war klar, ich gehörte zu den Letzten, mit denen er gesprochen hat.

Seinen Eltern hab ich erst später davon erzählt, weil mir das total unangenehm war.

Meine Freundin kennt Paul also nur von dem, was ich ihr erzähle. Sie kennt ihn auch nur mit der Diagnose, die er in der Klinik bekommen hat. Und dann läuft bei ihr der Film ab, also der Autistenfilm.

Sie hat Paul dann als einen ganz anderen Menschen vor sich. Sie ahnt daher, wie schwer für ihn so Beziehungssachen oder Freundschaften waren.

Wer mal fünf Minuten googelt, der wird ja schnell zum Experten für alles. Der weiß, dass das eine Entwicklungsstörung ist, dass die Leute Probleme mit dem Sozialverhalten haben. Ich hab mir dann auch gleich ein paar Bücher dazu gekauft.

Paul hatte ja dieses Asperger-Syndrom, das erklärt auch einiges. Diese Autisten sind oft ziemlich intelligent, was schnell zum Problem wird. Sie können uns allen etwas vormachen, und keiner bekommt so schnell raus, dass es denen in echt überhaupt nicht gut geht.

Für mich war Paul nie Autist. Und doch hat die Diagnose mich nicht gewundert. Er war so oft ein Einzelgänger, einer, der eben sein eigenes Ding macht. Und einer, der absolut in seiner eigenen Welt lebt.

Aber das war damals gefühlt bei einem Drittel unserer Klasse so. Wir hatten nie eine richtige Klassengemeinschaft. In der Grundschule schon, klar, aber später, auf dem Gymnasium?

Bestimmt nicht!

Da gab es drei, vier kleine Gruppen, die standen sich eher feindlich gegenüber. Und dazu kamen mindestens fünf Einzelgänger.

Aber klar, ich will das nicht runterspielen. Paul hatte wirklich Probleme. Dem ging es mies, und *wie* mies, das hab ich erst verstanden, als er in die Klapse musste, also nach seiner Zeit im Internat in Japan.

Klar, jetzt denke ich immer wieder: Wäre sein Autismus vorher bekannt gewesen, hätte ihm doch jemand helfen können!

Vielleicht hätten wir alle genauer hinschauen müssen, mal nachfragen müssen?

Dieses *hätte-hätte* macht mich immer noch fertig.

Und ich denke mir dann: Paul hat mich nicht an sich rangelassen. Aber das ist vielleicht auch nur eine Ausrede von mir, wie oft hab ich es denn versucht?

Vielleicht erzähle ich jetzt mal von unseren guten Jahren?

Wobei auch da, logisch, da sehe ich heute alles etwas anders, also durch diese Autisten-Brille, die meine Freundin trägt. Mit der interpretiert man jetzt alles anders.

Zum Beispiel unsere Treffen am Wochenende!

Ich hab als Kind Fußball gespielt, und das bedeutete zweimal die Woche Training und am Wochenende das

Spiel. Paul interessierte sich überhaupt nicht, also wirklich *gar nicht* für Fußball. Für ihn waren wir nur Bekloppte, die einem Ball hinterherrennen.

Doch er kam zu jedem Spiel von mir!

Er saß immer mit einem Comic irgendwo am Rand. Am Anfang war es eine Ausgabe vom *Lustigen Taschenbuch,* später ein neues Manga, da hatte er endlich genug von Entenhausen. Das ist jetzt aber keine Kritik, als Kind war ich auch Fan, nur hörte ich viel früher damit auf als er.

Dass Paul beim Fußball einfach nur am Rand saß, das hat mich nicht gestört. Ich fand es schön, dass er da war. Ehrlich!

Und ich kannte ihn ja nicht anders, also nur so, wie er eben war, so in seinem eigenen Universum versunken.

Ich weiß nicht mal, ob er am Ende nach dem Spielstand fragte. Ihm war es egal, ob ich gewonnen oder verloren habe, doch er wollte dabei sein.

Wir gingen danach meistens zu ihm oder zu mir, zockten oder machten eine Nerf-Schlacht.

Bei uns zu Hause hatte er seine eigene Zahnbürste, so oft hat er bei mir geschlafen. Später sahen wir uns weniger in echt.

Aber wir zockten weiterhin sehr viel zusammen, *League of Legends,* das war unser Spiel. Da verbrachten wir Hunderte Stunden, ungelogen.

Paul war auch da total gut, wie überall. Der rechnete sich aus, mit welchem Champion er so richtig Damage machen konnte.

Wir zockten meistens tagsüber, nur am Freitag oder Samstag auch mal nachts. Doch ich hab mitbekommen, dass er auch unter der Woche oft nachts weiter zockte.

Trotzdem kam er morgens in die Schule, hat seine Eins geschrieben und spazierte wieder nach Hause.

Das heißt, *spazieren* ist falsch, er *rannte* nach Hause. Und er hatte ja noch als Einziger in der Klasse so einen echten Schulranzen, also wie in der Grundschule. Das sah dann schon komisch aus, wenn er rannte und dieser sperrige Ranzen auf seinem Rücken von links nach rechts schleuderte. Ein paar Idioten machten sich lustig über ihn deswegen.

Aber mit Idioten konnte er gut umgehen, weil er die einfach an die Wand redete. Manchmal baute er in einen Satz so viele Fremdwörter, dass keiner von uns etwas verstanden hat – bis auf die Personalpronomen vielleicht.

Er war ja mit mir in Latein, nur lernte er viel schneller die Vokabeln und die Grammatik. Als ihm in der Klasse wieder einmal einer doof kam, sagte er zu dem: *Homullus ex argilla et luto fictus*. Das klang ein bisschen wie ein Zauberspruch aus *Harry Potter*.

Die Wörter hat er mir später aufgeschrieben, und ich hab sie auswendig gelernt.

Schon komisch. Ich hab so viel Zeug aus der Schule vergessen. Wie hieß der erste Präsident der Bundesrepublik? Fängt mit H an! Und?

Also, ich komm nicht mehr drauf.

Oder in Bio: Was ist der Unterschied zwischen Mitose und Meiose?

Ich hab das alles vergessen!

Aber was auf Lateinisch *Vorgartenzwerg* bedeutet, das hab ich mir gemerkt. Die wirklich unnützen Sachen speichere ich ab.

Okay, das mit den Beleidigungen auf Latein war irgendwann wirkungslos. Das konnte Paul ein paarmal machen, dann musste er sich was anderes einfallen lassen, der Witz war weg.

Einer von den Idioten hatte es echt auf Paul abgesehen, der ärgerte ihn jeden Tag. Und Paul änderte seine Taktik. Er half diesem Idioten bei den Hausaufgaben.

Paul schrieb sogar einen Vokabeltest in Französisch für den. Ich weiß, wie der Zettel von Pauls erster Reihe zur Idiotenreihe wanderte. Klar, Paul wurde da von diesem Typ ausgenutzt, aber dafür hatte er endlich seine Ruhe.

Und Ruhe war Paul offenbar wichtig, also so Zeit für sich zu haben. Vielleicht rannte er deswegen nach der Schule immer sofort nach Hause. Der hat es einfach nicht mehr ausgehalten.

Unsere Klasse war echt die lauteste in der Schule. Das sagten auch alle Lehrer, und wir waren ziemlich gefürchtet bei denen. Ständig hatten wir Vertretungen, und auch die hielten es nie lange bei uns aus.

Bestimmt war das für Paul alles zu viel mit seinem Autismus. Also diese Lautstärke, der ständige Wechsel der Lehrer und so. Man nimmt ja als Autist alles viel intensiver wahr.

Schon klar, das ist wieder so ein Diagnoseding. Jetzt weiß ich, er war Autist, und ich hab gelesen, dass die mehr Ruhe brauchen. Also, so extrem überdrehte Sachen machen die fertig. Deswegen denke ich jetzt, er ist vor dem Lärm in der Schule immer weggerannt. Deswegen war er so schnell mit seinem Ranzen.

Vielleicht hatte er aber auch einfach eine weitere Verabredung zum Zocken, oder er hat sich eine Pizza Salami bestellt oder keine Ahnung was.

Auf jeden Fall war es nicht leicht zu wissen, wie es ihm gerade ging. Er war eher der verschlossene Typ. Ich hab ihn auch nur zweimal weinen sehen.

Einmal in der Grundschule, das war bei der Klassensprecherwahl, dritte oder vierte Klasse vielleicht. Da waren wir auch schon befreundet.

Paul hat nur eine Stimme bekommen, vielleicht seine eigene oder meine? Ich hab keine Ahnung mehr, wer noch zur Wahl stand oder wer gewonnen hat. Aber dass Paul geweint hat, das hab ich nicht vergessen.

Ich hab das auch nur zufällig gesehen, weil ich aufs Klo musste. Da stand er am Spiegel und wischte sich die Tränen aus dem Gesicht.

Das andere Mal weinte er in der siebten Klasse, bei der Zeugnisausgabe. Er hatte lauter Einsen, wie immer, doch in Sport hat es dieses Mal nur zu einer Zwei gereicht. Das machte ihn total fertig.

Ich hatte fast nur Dreier, und ich hab ihn da auch echt nicht verstanden. Wieso braucht man überall Einsen? Also, wenn man nicht gerade Medizin studieren will.

Hatte er Druck von zu Hause? Davon hab ich nichts mitbekommen. Er war halt der typische Perfektionist.

Doch Arzt wollte er auf jeden Fall nicht werden. Mir hat er mal gesagt, er wollte auf Lehramt studieren. Das passte, er hat ja auch ständig den Leuten Sachen erklärt. Doch er machte eine Einschränkung: Nur Lehrer an einer Privatschule!

Da hätten die Schüler mehr Respekt. Also, das glaube ich nicht, aber egal. Paul hat sich sowieso nie reinreden lassen.

Geweint hat er sonst nicht. Jedenfalls nicht, dass ich davon wüsste.

Doch dann kamen andere Sachen, wenn er frustriert war. Zum Beispiel schlug er mit der Faust gegen seinen Kopf. Das sah ziemlich schmerzhaft aus, er hat es aber einfach so gemacht.

Er hat dann auch mal geschrien, wenn was nicht so lief, wie er geplant hatte. Da reichte es schon, wenn er bei einer Matheaufgabe falsch lag.

Also, dieses Rumschreien, das war sonst eher so das Verhalten in der Idiotenbank, und ich hab mich gewundert, woher das bei Paul auf einmal kam.

Die Idioten haben ihn aber in der Zeit in Ruhe gelassen. Mit dem einen war er inzwischen fast schon befreundet. Ich meine den Typen, für den Paul den Vokabeltest geschrieben hat. Klar, der hat Paul nur ausgenutzt, das war nie im Leben eine echte Freundschaft. Das hat Paul bestimmt gecheckt, aber wie gesagt, immerhin hatte er seine Ruhe.

Paul hat sich sonst nie einschüchtern lassen. Also, der hat sich immer gemeldet, auch wenn er für die Idioten der Superstreber war. Andere machen da ja dicht und melden sich einfach nicht mehr.

Pauls Hand war aber immer oben. Von dem konnten selbst die Lehrer was lernen.

Bei Mathe hab ich jetzt nicht so die Beispiele, das war überhaupt nicht mein Fach. Ich hab heute noch Albträume vom Mathe-Abi, echt jetzt. Da geb ich leere Blätter ab oder sehe, wie die Stunden in Sekunden vergehen, oder bekomme eine Aufgabe voller Zeichen, eine Geheimschrift, die ich überhaupt nicht verstehe. Solche Sachen eben.

Aber in Deutsch war ich ganz gut, da hätte ich fast mal eine Eins bekommen.

Also, wir hatten *Tschick* gelesen und uns ewig über diese Sternenszene unterhalten. Maik und Tschick schauen in den Himmel und reden von Außerirdischen. So nach dem Motto, ob jetzt auch diese Aliens auf uns schauen, genau in dem Moment?

Die Stelle fanden wir alle toll, selbst die Idiotenbank hörte zu. Doch Paul war schon wieder ein Buch weiter. Der hatte bereits den nächsten Roman von Herrndorf gelesen, also das, was der nach *Tschick* geschrieben hatte.

Bilder deiner Liebe oder so ähnlich, und da geht es nur um Isa, es ist quasi ein Prequel. Isa war das verwahrloste Mädchen von der Müllhalde, in die Maik verknallt war. Und von diesem Roman hatte aber noch nicht einmal der Deutschlehrer gehört.

Klar, stand ja nicht auf dem Lehrplan.

Und das meine ich so als Beispiel, genau so war Paul, wirklich alle konnten was von ihm lernen.

Und das eben war jetzt übrigens ein echter Paul. Also, ein ewiger Erklärtext ohne Pause, das hab ich von ihm gelernt.

Und jetzt ist er tot.

Natürlich haben wir in der Klasse oft darüber geredet. Und da sind uns Sachen wieder eingefallen, die hat keiner ernst genommen – damals.

In der sechsten oder siebten Klasse, da hat er so einen Satz rausgehauen. *Mit sechzehn bring ich mich um.*

Keine Ahnung, um was es ging. Zoe hatte mich auch erst viel später wieder an den Satz erinnert. Sie wusste auch noch, wie sich Paul in der Zeit einmal ritzte.

Der macht das nicht so auffällig und auch nicht gleich zwanzigmal. Aber der Arm blutete schon. Ich weiß auch noch, wie er das gemacht hat und womit. Viel braucht man ja leider nicht dazu. Er hat mir alles erzählt und gezeigt, als würde ich ein Erklärvideo für YouTube drehen.

Das Ritzen war gerade so ein Klassending. Zwei Mädchen machten es auch, und vielleicht fing Paul deswegen damit an. Es passte aber gar nicht zu ihm. Heute denke ich, das war vielleicht so eine Depri-Phase, also keine richtige Depression, wie er später eine hatte.

Irgendwas hat ihn traurig gemacht. Und das Ritzen war seine Antwort darauf.

Sonst verletzte er sich nicht selbst, bis auf die Sache mit der Faust und seinem Kopf, okay, das tut schon weh. Andere hat er übrigens nie geschlagen.

Das war sonst schon ein Thema in unserer Klasse, nicht nur in der Idiotenbank.

Die Jungs prügelten sich ziemlich oft, einmal gab es ein gebrochenes Handgelenk, der Typ ist aber doof gestürzt, also beim Kämpfen, im Treppenhaus, direkt vor der Biolehrerin. Da waren natürlich Elterngespräche fällig. Und ein Zahn wurde auch mal rausgeschlagen.

Ich selbst hab nur ein paar blaue Flecken einkassiert.

Paul hat immer so Showkämpfe veranstaltet. Fast jeden Tag kaufte er sich ein Baguette im Rewe. Damit schlug er dann gern mal zu, aber das tut ja nicht wirklich weh. Dazu hat er immer eine Packung Frischkäse gekauft. Das ganze Baguette war beim letzten Klingeln übrigens gegessen.

Er war ja auch lange im Aikido, das hat er aber ziemlich gut für sich behalten. Ich wusste es natürlich, und ich war auch die ersten Stunden dabei, schnupperte da mal rein.

Ich bekomme das kaum auseinander, also, wann genau jetzt was war. Aber ich erinnere mich noch gut an die letzten zwei, drei Treffen, da hab ich noch einmal bei ihm geschlafen.

Neunte Klasse vielleicht? Also, vor Japan war das.

Das waren so Zockerevents, und das ging bis zwei oder drei Uhr morgens. Dann legte er sich in sein Bett, ich mich auf die Matratze am Boden daneben.

Kaum war das Licht aus, da legte er sich zu mir und legte einen Arm um mich. Einfach so. Das war's.

Wir lagen nebeneinander und schliefen. Wenn ich am Morgen aufwachte, war er schon wieder auf seinem Bett oder am PC.

WINTERRUHELOS

Der nächste Satz sagt, dass die Riemannschen Summen einer integrierbaren Funktion gegen das Integral konvergieren, wenn die Feinheit der Unterteilungen gegen null konvergiert.

Otto Forster, *Analysis 1*

PAUL

In Japan, zwei Wochen vor Weihnachten

Klopf.

Klopf. Klopf.

Da mache ich nicht auf, da kann Ryan mit einem Herzinfarkt vor meinem Schrank liegen, keine Chance, selbst wenn ich einen Defibrillator hier hängen hätte.

Ich bleibe in meinem Kleiderschrank, hier ist gutes Licht, dank der LED-Lampe, die ich an das Regal geklebt hab, und hier herrscht Ruhe, zumindest wenn ich die AirPods im Ohr habe und so wie jetzt *Mary on a Cross* in voller Lautstärke läuft.

Klopf. Klopf. Klopf.

»Vergiss es, Ryan!«

Klopf.

Jetzt rüttelt er an der Schranktür, und das ist genau die Art von Grenzüberschreitung, die in der Geschichte schon zu Weltkriegen geführt hat. Aber das wäre hier nur der Auslöser, die Ursache liegt natürlich viel, viel tiefer begraben, so wie bei jedem Weltkrieg.

Ryan nervt seit der ersten Minute, in der wir uns das Zweibett-Zimmer teilen. Denn im Internat soll keiner allein sein, so dachte sich das vermutlich jemand – nennen wir ihn *den allmächtigen Entscheider.* Und dann legte er das fest, ohne sich vorab psychologischen Rat einzuholen.

Doch der allmächtige Entscheider hat sicher noch nie im

Leben ein Zimmer mit einem anderen Menschen geteilt, und wenn doch, dann war das kein Mensch wie Ryan, der übrigens aus Kanada kommt, doch dafür kann sein Land nichts.

Ryan stellte mir am ersten Vormittag schon Tausend Fragen über London, nur weil ich ein bisschen so getan habe, als wäre ich *Paul from London*. Er wollte die schönen, weißen Wände mit kitschigen Naturlandschaften plakatieren (grüner Wasserfall, Nebelwald, solche Sachen). Er ließ furchtbare Klänge aus seiner tragbaren Marshall-Box erklingen (Justin Bieber, Billie Eilish und so weiter) und ja, er sang mit (auch bei Eilish!!!), und nein, er konnte nicht singen, und er verbrachte sehr viel Zeit vor dem Spiegel in unserem Badezimmer, das wir uns eigentlich teilten, und was wirklich, wirklich, wirklich ultimativ nervte: Er telefonierte jeden Tag mit seiner Mutter und das mindestens zwei Stunden lang und das in unserem gemeinsamen Zimmer und das, während Bieber und Eilish sangen, die schaltete er nicht einmal leiser.

Klopf. Klopf.

Von außen bekommt man die Schranktür nicht mehr auf, und hier drinnen hab ich mir eine Vorrichtung gebaut aus zwei Schrauben und einer Schnur.

Wenn das der Hausmeister sieht, bekommt er einen Nervenzusammenbruch. Allerdings darf der bestimmt nicht in unsere Schränke schauen. Also, wenn er es trotzdem macht, dann muss er das, was er entdeckt, für sich behalten, sonst hätte er sich selbst verraten.

Ryans Mutter weiß übrigens, dass ich im Kleiderschrank wohne. Laut ihrem Sohn bin ich einfach ein bisschen durchgeknallt. Ich mag Wände ohne Kitschfotos, gute

Musik, freue mich über ein bisschen Ruhe, und ja, zwischendurch will ich ins Badezimmer.

Was für ein komischer Junge ich bin, nicht wahr?

Ryans Mutter will wirklich alles wissen von ihrem Sohn, und es ist diese schamlose Neugier, die diese epischen Gespräche verursacht.

Sie fragt seine Mahlzeiten ab vom Frühstück bis zum Abendessen, also nicht nur die Qualität *(Wie hat der Lachs mit Zitronensauce geschmeckt?)*, sondern auch die Quantität *(Wie viele Portionen Miso-Suppe hast du gegessen?)*, und sie will wissen, was er in der Schule gelernt hat, was seine Fortschritte in Japanisch machten (ich frage mich, wie soll er denn bei dem vielen Gequatsche zum Lernen kommen?) und ob er schon Freunde gefunden habe, und weil er einmal *ja* sagte, fragt sie seither alles über die Freunde ab und über das, was er mit denen so den Tag über macht und was er für Bücher liest, Musik hört, Filme schaut.

Und sie reden über seine Verdauung, was ich jetzt nicht ausführen möchte, obwohl ich alle Details kenne.

Klopf.

Ryan hat wirklich eine Engelsgeduld, und das sage ich als Atheist, der nicht an Engel glaubt. Ich wickle die Schnur von den Schrauben und stoße die Schranktür auf.

Lien steht da.

»Du lebst echt im Kleiderschrank?«, fragt sie.

»Entschuldige, dachte, Ryan nervt schon wieder.«

»Findest du das nicht ein bisschen schräg?«

»Nein, im Gegenteil. Willkommen in meinem Reich, Tee oder Kaffee vielleicht?«

»Schläfst du da auch? Du kannst die Beine ja gar nicht ausstrecken.«

»Stimmt, aber so hier, seitlich, in der Embryonalstellung, da geht es ganz gut, ist rein medizinisch gesehen auch gesund, logisch, sonst hätten wir alle die neun Monate niemals überleben können.«

»Sollen wir vielleicht mal mit einem Lehrer darüber reden?«

»Über was?«

Lien nickt zu mir runter und klopft noch mal gegen die Schranktür.

»Nein, nein, das ist doch das Konzept dieser Bildungseinrichtung. Keine Privatsphäre. Keine Ruhe. Immer schön uns ablenken und uns beschäftigen, damit keinem auffällt, dass wir am Ende der Welt untergebracht sind.«

»Es ist draußen gerade so schön im Schnee.«

»Toll. Und wir müssen unbedingt wieder mal nach Tokio«, sage ich.

»Willst du echt noch mal so 'n Ärger bekommen?«

»Ist doch nur Theater hier, das alles, denen ist eigentlich egal, was wir Schüler machen. Die regen sich auf, weil sie das müssen.«

»Du kannst ja auch mal an einem freien Tag nach Tokio, oder?«

»Klar, finde ich aber langweilig.«

Ryan kommt ins Zimmer und spricht so laut in sein Handy, als wäre es ein selbst gebasteltes Dosentelefon. »Reispfanne. Ja… mit Hühnchen, glaube ich. Ja… hat gut geschmeckt… Mhm… zwei Portionen … Brokkoli und äh … und …«

»Und Bärenscheiße!«, rufe ich.

Lien schaut mich böse an, und Ryan verschwindet mit dem Handy im Badezimmer.

Ich halte mir eine Hand unters Kinn und tue so, als würde ich ihn in meiner Praxis analysieren. »Ja, der nimmt seine Mutter mit aufs Klo. Was würde wohl der gute alte Freud dazu sagen?«

Lien setzt sich vor den Kleiderschrank, zu zweit passen wir hier nicht rein. Sie macht meine Geste mit der Hand unter dem Kinn nach. »Was würde Freud zu dir im Schrank sagen?«

»Mal ehrlich, warum geht der nach Japan, um dann jeden Tag fünf Stunden mit seiner Mutter zu telefonieren?«

»Mal ehrlich«, macht mich Lien noch einmal nach. »Warum gehst du nach Japan, um im Schrank zu leben?«

Ich winke ab. »Bitte keine Psychoanalysen mehr, Frau Professor Lien. Meine Reiseversicherung deckt nur physische Notfälle ab, und auf eigene Kosten wollen Sie sicher nicht therapieren. Oder gehören Sie zu den wenigen Altruisten auf Erden?«

»Eigentlich wollte ich nur Tschüs sagen, wann geht denn dein Flug?«

»Übermorgen.«

»Dann schöne Weihnachten!«, sagt Lien, steht auf und streicht mir über die Schultern.

Ich verkrampfe total, wie immer bei so etwas, was ziemlich doof ist, weil Lien das ja bestimmt spürt und ich eigentlich genau das Gegenteil machen wollen würde, und was schon so kompliziert klingt (*machen wollen würde*), muss ja unheimlich kompliziert in der Ausführung sein.

Also, ich will nicht verkrampfen und Lien auch mal so berühren können, wie sie mich berührt, obwohl sie sich vermutlich nichts dabei denkt, einfach nur Tschüs sagen will.

Doch ich umarme nicht mal meine kleinen Schwestern, außer einmal, am Flughafen, bevor es nach Tokio ging, also, wie soll ich da jetzt Lien einfach so …

Lien zeigt auf die vielen Sticker in meinem Schrank mit den bunten Katzen. »Willst du die nicht wegmachen? War das hier früher ein Kindergarten?«

»Die sind ehrlich gesagt von mir.«

»Du hast Katzensticker?«

»Ich liebe Katzen, findest du die nicht süß?«

»Schon, aber …«

»Aber was?«

»Egal«, sagt Lien und geht.

»Ja klar …«, sagt Ryan und kommt aus dem Badezimmer, die Spüle der Toilette rauscht noch. »Jackson kommt mit … genau der … und der fliegt nach Toronto … über … über New York … ja …«

Lien ist schon an der Tür, da dreht sie sich noch einmal zu mir um. »Was liest du da eigentlich? Lernst du für Mathe, du Streber?«

Lien darf mich so nennen, sie darf eigentlich alles, bei ihr nervt nichts, während bei Ryan alles nervt.

Ich strecke ihr den Umschlag des Buches entgegen.

»*Analysis* 1«, liest Lien und versucht, den Rest so vorzulesen, wie sie sich die deutsche Sprache vorstellt, was gar nicht funktioniert, weswegen ich sie unterbreche und es selbst vorlese: »*Differential- und Integralrechnung einer Veränderlichen.*«

»Dein Schulbuch in Deutschland?«, fragt sie wieder auf Englisch.

»Nee, das wird an der Uni, also im Mathestudium, verwendet, hat mir mein alter Mathelehrer geschenkt.«

»Schon klar, damit dir in Japan nicht langweilig wird«, sagt Lien und verschwindet mit einem Lächeln. »Du schräger Streber!«

Als sie fort ist, also ganz aus dem Zimmer von Ryan und mir, fühlt sich das ziemlich doof an, es tut fast schon weh im Bauch, weil: Jetzt liegt die Sache klar auf der Hand, wenn Lien dieses Gebäude verlässt, dann sind wirklich nur noch Idioten übrig.

Zum Abendessen gehe ich nicht, schon beim Mittagessen hat mich keiner vermisst, gestern und vorgestern übrigens auch nicht, nicht einmal Lien hat mich eben danach gefragt.

Weil du ihr in Wahrheit total egal bist.

Keiner merkt, wenn ich weg bin.

Weil du keinem etwas bedeutest!

Ich drehe die Musik auf, und sie ist wirklich lauter als diese Gedanken, diese fiese Stimme!

Ich blättere zu der Seite, bei der ich stehengeblieben bin, und hole mein Notizbuch raus. Mathe lenkt ab, und übermorgen geht mein Flug, dann bin ich zu Hause.

Aber das fühlt sich jetzt auch nicht an wie ein super Plan. Die haben alle Fragen dort, meine Eltern, meine ich, jetzt nicht so wie Ryans Mutter, aber sie wollen trotzdem ganz viel wissen. Und dabei ist das hier die Hölle, und ich will einfach nur weg. Aber nicht nach Hause.

Was will ich eigentlich?

Das wissen wir beide!

Als ich aus dem Kleiderschrank klettere, ist es dunkel im Zimmer. Ich bleibe bestimmt eine Viertelstunde einfach so vor dem Fenster stehen. Draußen fällt Schnee, so wie immer in den letzten Tagen, es hat praktisch nicht aufgehört.

Aus dem Nachbarzimmer kommt Lärm, Musik nenne ich das nicht, und Avery singt dazu, was sie aber, das muss ich zugeben, wirklich gut kann, egal wie scheiße die Songs sind.

Ich mache mir die Instantnudeln von Nissin, die schmecken mir besser als die von Maruchan, wobei ich da jetzt keine große Diskussion darüber führen würde, außer mit Lien vielleicht, aber die ist weg.

Getrunken habe ich seit Stunden nichts mehr und hole das schnell nach. Der Tee ist noch heiß, und es ist mir egal, dass ich mir den Gaumen dabei verbrenne.

Zurück in den Schrank will ich nicht. Und ich muss weg von dieser bescheuerten Party nebenan. Auf dem Weg nach draußen laufe ich schon wieder Ryan über den Weg, der noch einmal aufs Klo muss.

»Du machst doch nicht etwa mit?«, fragt er.

»Bei was? Beim Scheißen?«

»Trottel. Ich meine bei der Weihnachtsparty.«

»Vermute mal, das läuft wie immer bei Avery synchron mit der unkontrollierten Zufuhr von alkoholischen Getränken.«

Ryan muss lachen. »Ja, genau. Wir saufen.«

»Was sagt Mami dazu?«

»Leck mich!«

»Dann zum Wohl«, sage ich und gehe weiter, was ich sowieso getan hätte, weil ich auch ohne Alkoholexzesse keine Lust auf diese Leute habe und weil die Japaner, wegen denen ich eigentlich gekommen bin, ihre eigenen Partys feiern.

Keiner lädt dich ein. Du bist einfach nur Luft für die!

Ryan lässt mich kommentarlos aus dem Zimmer gehen.

Er fragt mich nicht einmal, wohin ich barfuß so spät am Abend will.

Er sieht dich nicht. Weil du ihm nichts bedeutest. Weil du niemandem etwas bedeutest.

Ich stehe vor den großen Fenstern neben dem Ausgang.

Diese dunkle Schneelandschaft in den Bergen da draußen und diese Alkoholexzesse hier drinnen, fern von der Zivilisation, das ist ein bisschen wie bei *The Shining,* also von der Atmosphäre her, auch wenn es bei Stephen King die Rocky Mountains waren, glaube ich.

Ryan spielt hier jetzt den Jack Torrance, der auf das Hotel im Winterschlaf aufpassen musste, wobei der Vergleich schon jetzt total falsch ist, weil ich hier der Verrückte bin und nicht Ryan und der überhaupt nicht in diese Story passt, und ich weiß gar nicht mehr, ob dieser Torrance wirklich etwas getrunken hatte oder einfach nur auf Entzug war.

Noah hat mir das Buch mal ausgeliehen, der hatte sich richtig gegruselt, dabei ging es doch nur um den Tod.

Ach, nein, das mit *The Shining* passt überhaupt nicht, das ist jetzt eine echte Gehirnfehlleistung von mir, ein synaptischer Kurzschluss.

Richtig, du hast nichts drauf. Du bist nichts. Und deswegen gehst du jetzt raus!

Auf dem Weg nach draußen schalte ich keines der Lichter an. Es gibt hinter dem Internat eine Stelle, die nicht von den Flutlichtern beleuchtet wird.

Dort stehen im Dunkeln die Container mit Müll, und die will keiner sehen müssen, wenn er aus dem Fenster schaut.

Meine Füße versinken im Schnee.

Erst ist es kalt und tut weh, doch das stört mich nicht.

Nach einigen Metern ist der Schmerz weg.

Die Füße fühlen sich nur noch taub an.

Ich gehe weiter bis zur dunkelsten Stelle, zwei, drei Meter vor dem Waldrand.

Dort lege ich mich in den Schnee, auf den Rücken.

Sofort werden meine kurzen Hosen und das Shirt nass.

Ich zittere am ganzen Körper und atme schnell ein und aus.

Ein und aus.

Ein und …

Das nervt, das will ich nicht.

Aber mein Körper interessiert sich überhaupt nicht für mich und meine Wünsche, er macht, was er will.

Doch ich will mich beruhigen, denn es wird nicht lange dauern.

Das Handy und die AirPods funktionieren noch.

Ich höre *Life Eternal* von Ghost, von denen auch *Mary on a Cross* ist.

Die Schweden haben das, was Bowie schmerzhaft lernen musste, gleich richtig gemacht. Ihre Inszenierung war vom ersten Auftritt beim Hammer-of-Doom-Festival an perfekt, und die Band blieb – um diese satanistische Aura zu wahren – deswegen jahrelang unerkannt hinter ihren okkulten Masken und Kostümen versteckt.

Aber klar, war auch eine andere Zeit, Bowie ging Jahrzehnte früher mutig voran, der ganze Rest stolperte ihm erst einmal hinterher und …

Ausgerechnet jetzt geht das Handy aus.

Aber es ist dem Handy nicht zu kalt oder zu nass, nein, es ist der Klassiker ganz ohne Schnee und diese Scheißkälte: Der Akku ist alle.

Dann höre ich das Knirschen.

Mein Hals ist total steif von der Kälte.

Ich weiß gar nicht, woher das Geräusch kommt. Erst als ich die Bewegung vom Wald her sehe, weiß ich, was da so knirscht.

Es ist nicht Lien, die ihren Flug verschoben hat, um doch noch ein wenig Zeit mit mir zu verbringen.

Es ist auch nicht Ryan, der den Reisschnaps, den er nie verträgt und trotzdem nach vier Bier noch trinkt, in den Schnee kotzt.

Es ist ein Bär, einer dieser Kragenbären.

Und der stemmt seine Tatzen in den Schnee und kommt auf allen Vieren direkt auf mich zu.

Ich bin nicht festgefroren, kann aber keinen Finger bewegen.

Husten müsste ich, die Lunge ist voll mit der eiskalten Luft.

Ich atme wieder viel zu schnell ein und aus, und der Bär ist fast bei mir.

Ich sehe sein schwarzes, dichtes Fell und höre sein Atmen, so wie er vermutlich meines hört.

Als der Bär sich über mein Gesicht beugt, schließe ich die Augen.

Meinen Herzschlag spüre ich bis zum Hals, und da ist noch was – Bärenfell.

Das Tier schnuppert mich von oben bis unten ab.

Und dann knirscht er davon.

Ich spüre meine Finger wieder, meine Arme, meine Beine, und mache die Augen auf. Ich bin nicht mehr in Schockstarre, und der Bär ist weg, also nicht sonderlich weit, er steht bei den Müllcontainern.

Die obere Hälfte von ihm ist in einer Klappe verschwunden, und ich springe auf. Die Füße spüre ich kaum noch, und ich laufe wie auf Stelzen zurück, ohne mich nach dem Müllfresser umzusehen.

Erst wärme ich mich unter meiner Bettdecke, dann stelle ich mich mit Hose und Shirt und allem unter die heiße Dusche, bis der Spiegel beschlägt und noch länger.

Erste Tropfen bilden sich auf der gefliesten Wand, und ich dusche weiter, setze mich auf den Boden und spüre das heiße Wasser überall.

Als ich aus dem Badezimmer trete, liegt Ryan in seinem Bett. Die schlechte Nachricht ist, er ist noch wach. Die gute Nachricht ist, wir haben fast Mitternacht, und er telefoniert nicht mit seiner Mutter, weil sie sich immer nach unserer Zeit in Japan verabreden und nie nach ihrer, denn sie wäre in Kanada jetzt natürlich wach, während ihr Söhnlein längst schlafen sollte.

»Dachte, du bist unter der Dusche eingeschlafen.«

»Wollte mich eigentlich umbringen, draußen, im Schnee. Hat aber nicht geklappt, weil da ein Bär kam.«

»Du bist echt schräg«, sagt Ryan, und ich denke an Liens Worte. *Du schräger Streber!*

Als ich das Licht ausmache, sagt Ryan noch etwas: »Das mit dem Bären geht gar nicht. Die halten hier Winterschlaf, die kommen nur raus, wenn sie total hungrig sind. Die pennen die ganze Zeit.«

Schon klar, nur weil Ryan Kanadier ist, macht er einen auf Wildlife-Experten.

»Also, der Bär dort draußen, der war ziemlich wach«, sage ich und verschwinde im Kleiderschrank.

HANFDIALOGE

Die Fans werden eingeladen, das Fernrohr anzubringen,
um die Ziele anzuvisieren und den Lauf für
Distanzschüsse zu befestigen. Mit dem Eaglepoint
RD-8 Blaster sind die Kids auf alles vorbereitet.

Nerf-Produktseite des Spielwarenherstellers HASBRO

NOAH

Pauls bester Freund

Das mit dem besten Freund, das hatte ich ja schon mal erklärt, aber gut, lassen wir es so stehen. Sicher ist, Paul hatte nicht viele Freunde. Er brauchte auch nicht viele. So kam mir das vor.

Paul war eher der Typ, der lieber einen Menschen superoft treffen wollte als zwanzig verschiedene Leute nur alle paar Wochen. Obwohl so richtig getroffen, also in echt gesehen, das haben wir uns nach Japan auch nicht mehr. Hatte ich das schon gesagt?

Wir zockten allerdings extrem viel und sprachen über *Discord* miteinander. Da ging es dann meistens um *League of Legends,* welche Champions – also Charaktere – welche Stärken haben in welcher Phase des Spiels, so Fachgespräche eben.

So richtig viel andere gemeinsame Interessen hatten wir nicht mehr zu dem Zeitpunkt.

Ich fing an, auf Partys zu gehen, und hatte in der Neunten fast meine erste Freundin. Aber leider eben nur fast. Das interessierte Paul überhaupt nicht, weder Partys noch so Beziehungen fand er spannend.

Und über Musik musste ich ja auch nicht mit ihm reden, da war er der allwissende Messias mit dem einzig wahren guten Geschmack und ließ keine anderen Götter zu. Na ja, das war jetzt schräg das Bild, egal. Paul hätte das viel besser gesagt.

Für mich fühlte es sich aber auch okay an, also jetzt Paul nicht in echt zu sehen. Denn es war sowieso Corona, das erste Chaosjahr. Alle aus meiner Klasse saßen allein zu Hause herum, die meisten von uns übrigens gesund.

Egal, die Schule fiel aus, und das war auch nur am ersten Tag super.

Online lief bei uns kein Unterricht mehr, das hatten die Lehrer nach zwei, drei Wochen aufgegeben. BigBlueButton stürzte ständig ab, Microsoft Teams war auch nicht so der Bringer, und zoomen durften wir nicht. Offiziell wegen Datenschutz, vermutlich aber eher, weil es mehr Geld kostete.

Aber dann lieber offline?

Ich verstand das alles nicht.

Mein kleiner Bruder war da noch in der Grundschule, dem brachte die Lehrerin die Arbeitsblätter persönlich nach Hause. Echt jetzt.

Die klapperte alle seine sechsundzwanzig Klassenkameraden ab. Ich glaube, nach Corona war die ein Wrack und ging in Frührente.

Wir bekamen unsere Hausaufgaben immerhin per Mail. Doch wir sollten die Lösungen abfotografieren und zurückschicken, was aber keiner kontrollierte. Wie denn auch? Das war einfach zu viel und zu kompliziert alles.

Unser Deutschlehrer zum Beispiel, den Namen nenne ich hier jetzt nicht, es soll ja alles anonym bleiben, also Paul mochte den total, ich auch. Der machte zwar auch die Klassiker mit uns, klar, musste der ja, aber eben auch *Tschick*. Davon hatte ich ja schon erzählt.

Das ist der einzige Schulroman, den ich wirklich gelesen hab. Paul las natürlich alle Bücher. Und noch was zum

Thema Lesen. Ich machte mir ja immer Eselsohren in die Bücher. Paul merkte sich die Seitenzahl, also von jedem Buch in jedem Fach, in jeder Stunde. Der hatte alle Seitenzahlen im Kopf.

Der wusste, wo wir bei *Tschick* vor drei Tagen aufgehört hatten, auf welcher Seite die Mathesachen von letzter Woche standen und bei welchem Einschlaftext wir in Bio gestrandet sind. Der blätterte nie, suchte nie, der nannte mir die Seitenzahl, und es stimmte immer.

Eigentlich wollte ich ja was zum Deutschlehrer sagen. Also, der hatte im Lockdown selbst noch zwei Kinder zu Hause, Homeschooling war ja überall. Die zwei Jungs winkten am Küchentisch am ersten Tag strahlend in die Webcam.

Bis es eben nur noch offline weiterging. Da war der Lehrer vermutlich auch ganz froh darüber. Wir schickten uns im Chat ständig Kommentare zu seiner weiß gefliesten Küche und den Kindern zu. War nicht so nett von uns.

Doch Paul war da nicht mehr in unserer Klasse.

Nach Japan kam er nicht wieder zu uns, der musste ja auch in die Klinik, und da fand offenbar auch Unterricht statt. Ich weiß nicht, wie genau das abgelaufen ist. Das war eine spezielle Schule, die das angeboten hat.

Paul hat mir das nie so richtig erklärt. Auch nach der Klinik trafen wir uns ja wieder online zum Zocken, doch er wollte nicht über die Zeit dort sprechen.

Das war schon komisch, sonst hielt er ja gern Vorträge, doch das in der Klinik muss echt zu viel gewesen sein. Oder es war ihm einfach nur peinlich. Ich weiß es nicht.

Er hat mir nur kurz von seiner Diagnose erzählt.

»Ich bin Autist«, hat er gesagt. »Asperger«, ergänzte er noch. »Und sie stellten bei mir eine schwere Depression fest.«

Das war es. Ich war total überfordert, und mir fiel überhaupt nichts dazu ein. Nichts!

Er hat das alles so beiläufig erklärt, als ginge es nicht um ihn, sondern um jemand anderen.

Über die Klinik gab es dann kein Wort mehr, nur mal von diesem Unterricht hat er mir erzählt. In Mathe, da wäre er jetzt weitergekommen, eine super Lehrerin wäre das, er hätte endlich irgendeine Formel gelöst und den So-und-so-Satz verstanden, aber wie gesagt, für mich war sein Mathe wie Chinesisch.

Egal, über Schule haben wir nie viel geredet, weder vor noch nach Japan. Ich war viel zu schlecht, Paul immer viel zu gut, worüber hätten wir da sprechen sollen?

Nicht vergessen werde ich unsere ewigen Drogen-Dialoge. Für Paul war ja Kiffen ein großes Thema. Das fing kurz vor Japan an und ging danach viel intensiver weiter.

In Japan selbst bekam er nichts zu rauchen, zumindest hat er mir das gesagt. Die sollen dort ziemlich strenge Gesetze haben. Und wer als Ausländer erwischt wird, muss viel Geld zahlen, ins Gefängnis oder das Land verlassen. So irgendwie war das.

In Pauls Internat fanden aber regelmäßig Saufpartys statt, was mich überhaupt nicht wunderte, wieso sollten die in Japan anders sein als wir hier?

Dennoch regte sich Paul furchtbar auf. Für ihn war Alkohol die Droge für Dumme und Marihuana die für Schlaue. Natürlich, was sonst.

Doch ich trank auch lieber mal zwei, drei Bierchen auf einer Party. Also musste ich bei unseren Drogen-Diskussionen immer mitgoogeln, um Paul Kontra zu geben.

»Ich brauche Weed!«, schrie er wieder einmal beim Zocken, und ich war froh, dass ich die Kopfhörer aufhatte. Ich teilte da mein Zimmer noch mit meinem kleineren Bruder.

»Lungenkrebs …«, sagte ich, suchte den Raum ab und war froh, dass mein Bruder in *Gregs Tagebuch* vertieft war. »… das bekommst du davon, von deinen Joints.«

Ich hab den Discord-Dialog aufgezeichnet, für Paul war das okay. Der hat sich ja auch gern reden gehört.

Ich hab mal überlegt, auf YouTube einen eigenen Kanal zu machen, mit so Spieltipps und so Sachen. Na ja, daraus ist nichts geworden.

Moment, hier ist die Aufnahme.

[Die Stimme von Noah ist zuerst zu hören.]

»Lungenkrebs, das bekommst du davon, von deinen Joints.«

»Nein, ich hab nur um ein fünf Komma sieben mal erhöhtes Risiko. Doch du süchtiger Bierkonsument hingegen …«

»Vom Kiffen bekommst du Bluthochdruck …«

»… du aber vom Alkohol auch …«

»… und Psychosen gibt es vom Kiffen, Gehirnschäden, und hier steht noch …«

»Du liest ab?«

»Warte mal!«

»Du liest ab!«

[Paul und Noah lachen, es dauert ein paar Sekunden, bis Paul weiterredet.]

»Dein Alkohol ist Zellengift, deine Leber wird zerstört, deine Blutgefäße werden ruiniert, du bekommst Speiseröhrenkrebs, Pankreatitis und Gastritis, und in deinem Bier sind außerdem und nachweislich Phytohormone! Weiß du, was das ist?«

»Warte ...«

»Nee, nicht googeln, ich erkläre es dir. Phytohormone wirken wie Östrogene. Sagt dir was, oder?«

»Das sind so, so von den Frauen...«

»Genau, weibliche Geschlechtshormone, deswegen wachsen dir Brüste beim Trinken und ...«

»So ein Quatsch!«

»Okay, dann google selbst, die Phytohormone in deinem Bier kommen von der weiblichen Hopfenblüte, die verwendet wird, um dein Gesöff zu brauen, und jetzt rate mal, lieber Cannabis-Feind, zu welcher Pflanzengattung dein Bierhopfen gehört?«

»Gehört zu den ... äh... zu den Heilkräutern?«

»Dein Bierhopfen gehört zur Familie der Hanfgewächse, auf Lateinisch *Cannabaceae*.«

»Krass.«

»Ich weiß.«

»Heißt das, dir wachsen beim Kiffen jetzt auch Brüste?«

Okay, hier schalte ich mal lieber aus.

Aber das war so ein typischer Dialog, deswegen hab ich den nicht gelöscht. Ich hab auch ein paar Nachrichten von ihm aufgehoben und alle Fotos natürlich.

Hier zum Beispiel, irgendeine Freistunde. Paul holt da gerade mit dem Rewe-Baguette zum Schlag aus. Da ist aber keiner mehr erschrocken, das machte er ständig, und er hat auch gern geteilt, na ja, mit mir zumindest.

Hier ist noch ein Foto mit seiner E-Gitarre. Das hat er mir nach Japan zugeschickt, und ich war echt überrascht.

Er kannte sich ja ziemlich gut aus, aber selbst Musik machen, nee, das hat gar nicht zu ihm gepasst.

Also Klavier vielleicht noch, okay, aber E-Gitarre?

Keine Ahnung, ob er wirklich gut spielen konnte. Aber angeblich kam sogar ein Musiklehrer für ein paar Unterrichtsstunden noch zu ihm nach Hause.

Ich weiß nicht, was man in so kurzer Zeit auf dem Instrument lernen kann, andererseits lernte er ja viele Sachen verdammt schnell.

Paul hatte echt was drauf, der hätte alles werden können. Es gibt ja jedes Jahr so ein paar Eins-nuller-Abi-Leute auf der Schule. Paul wäre so einer geworden.

Ich glaube, unsere Lehrer waren ziemlich überfordert mit ihm. Der hat ja immer Sachen gesagt, die vor ihm vermutlich noch keiner gesagt hat. Also, es waren nicht die Schüler-Standardsätze, die Lehrer immer hören müssen.

In Mathe hatte Paul so viel gefragt, dass er bald ein anderes Buch vor sich liegen hatte. Also keines für die neunte Klasse, so wie wir. Er arbeitete sich auch in den Freistunden und in den Pausen da durch. *Analysis* hieß es.

Paul meinte, das Buch würde in der Uni verwendet werden, also im Mathestudium. Ich glaubte ihm das sofort. Dieses *Analysis* hat sich für mich wie ein Fremdwörterbuch gelesen. Wirklich, ich hab selbst bei der Inhaltsangabe kaum ein Wort verstanden.

Paul traf sich auch einmal die Woche mit einem der Lehrer. Von dem hatte er das Buch bekommen. Sie rechneten gemeinsam die Sachen durch oder sprachen über die Themen, vermute ich jetzt mal.

Und klar, er war auch irgendwie immer mehr der Außenseiter. Während andere in den Pausen sich mit Insta oder TikTok beschäftigten, schrieb er total komplizierte Formeln auf, manchmal sogar an die Tafel.

TikTok, Insta, YouTube ... Paul fand das alles nur primitiv.

Egal, ich glaube, er wollte mit der Rechnerei in den Pausen auch ein wenig angeben. Obwohl, das ist vielleicht zu viel gesagt. Er wollte auf sich aufmerksam machen, sagen wir so.

Nur waren jetzt nicht gerade viele Leute in der Klasse, denen er mit seinem Einstein-IQ imponieren konnte. Da hat er sich vielleicht ziemlich einsam gefühlt.

Manchmal erzählte Paul auch mir etwas von seinen Formeln, und ich verstand überhaupt nichts. Ich kann mich da also jetzt nicht an was erinnern, an ein Zitat oder so. Außer eine Sache, doch!

Partialbruch-Zerlegung, das hab ich mir gemerkt, keine Ahnung wieso, vielleicht, weil es einfach so krass klingt.

Nachfragen hat auch nichts gebracht, Paul erklärte zwar total gern, aber nur, wenn man sich wirklich dafür begeistern konnte. Na ja, das waren bei Mathe eben nicht so viele Leute.

Paul machte mit einem anderen Schüler so eine Challenge, die hatten beide immer eine Eins in Mathe. Also immer!

Deswegen konnte ich die Challenge überhaupt nicht verstehen. Doch Paul und dem anderen ging es darum, wer nicht nur eine Eins, sondern eine Eins mit null Fehlern bekommen hat.

In der Schule bin ich Paul dann eher aus dem Weg gegangen oder er mir. Ich weiß das nicht mehr so genau. Unsere beste Zeit hatten wir sowieso eher vor der neunten Klasse.

Wir spielten in der Grundschule mal zusammen Hockey, das war aber nicht so sein Ding.

Dann gingen wir in den Tennisverein, mir hat das gut gefallen, aber Paul hatte nicht so das gute Ballgefühl. Und wenn er nicht der Beste sein kann, dann verlor er die Lust. So kam mir das zumindest vor.

Er war total frustriert, wenn im Training etwas nicht so geklappt hat, wie er es wollte.

Ich wechselte dann noch einmal zum Fußball, und dort bin ich ja geblieben. Paul war nur noch der Besucher am Rand, auf den Rasen hätte ich ihn nie bringen können, der hasste Fußball. Das hatte ich schon mal erzählt, die Geschichte mit dem *Lustigen Taschenbuch*.

Paul machte dann aber ein paar Jahre lang Aikido. Kampfsport passt ja überhaupt nicht zu ihm, finde ich. Aber bei Aikido nutzt man die Kraft des Gegners und leitet sie um, quasi um ihn außer Gefecht zu setzen. So hat mir Paul das erklärt.

Ich war dann auch ein paarmal im Training dabei, doch für mich war das nichts. Die Verbeugung am Anfang zum Beispiel vor einem Foto von Morihei Ueshiba, also dem Aikido-Erfinder. Nee, oder?

Dann die traditionellen Regeln, das fand ich zu förmlich, alles. Manchmal machten wir auch Meditationen, aber einfach so ruhig dasitzen, das kann ich nicht.

Vielleicht kam Paul beim Aikido auf die Mangas? Aikido kommt ja auch aus Japan. Und da waren schon so ein paar Japanfans im Training. Kann aber sein, dass Paul die ersten Hefte schon gelesen hat, als er noch mit mir Tennis gespielt hat.

Sorry, aber mir fällt es immer noch total schwer, alles in eine zeitliche Reihenfolge zu bringen.

Aikido hat er aber bestimmt drei Jahre oder so gelernt, nur halt ohne mich.

So richtig ins Schwitzen kamen wir zusammen nur noch bei unseren Nerf-Schlachten. Da spielten auch mal Pauls kleine Schwestern oder mein Bruder mit, je nachdem, wo wir waren. Aber auch mit Nerf hörten wir vor der neunten Klasse auf, vielleicht war uns das zu kindisch mit den Plastikwaffen. Keine Ahnung.

Ich hatte eine Hyper Fire, schon mal gesehen? Halbautomatik mit so einem Trommelmagazin, fünf Schuss die Sekunde. Okay, das Magazin hatte nur fünfundzwanzig Darts und war schnell leer. Paul war eher auf Präzision aus, weniger auf Geballer. Er hatte einen motorisierten Blaster mit Fernrohr, den konnte er hochpowern, und dann flogen die Dinger über dreißig Meter weit.

Das hatte aber nur Vorteile, wenn wir bei ihm zu Hause spielten. Paul wohnte in einem großen Haus mit Garten und allem. Bei mir brauchte man keine so große Reichweite, und einen Garten hatten wir auch nicht.

Seine Schwestern lernte ich eigentlich nur bei diesen Nerf-Schlachten kennen. Die waren sonst immer in ihren eigenen Zimmern.

Ich glaube aber, Paul kam gut mit ihnen klar. Er hat immer wieder mal was von ihnen erzählt. Die eine war voll die gute Handballerin, obwohl sie noch so jung war, und die andere war im Schulorchester, Geige, glaube ich.

Die hatten also alle ihre Talente. Nur Paul hat ein paar Talente zu viel abbekommen, vielleicht wurde ihm das auch irgendwann wirklich zu viel?

Ich hab nach seinem Tod mal nachgelesen, welche berühmten Menschen Asperger haben. Das kommt jetzt aus dem Internet, und Paul würde mich gleich wieder dafür kritisieren.

Mir reicht da eine Quelle, bei Paul mussten es mindestens drei sein, und die sollten auch noch *vertrauenswürdig* sein, keine Ahnung, woran er das festmachte.

Wenn ich die Zeit zurückdrehen könnte, was ich nicht kann, schon klar, aber egal, ich könnte es also, und da würde Paul wieder anrufen.

Dieser letzte Anruf in seiner letzten Nacht. Dieser Anruf, den ich fast verpennt hätte. Ich würde jetzt wissen, was er nach dem Anruf vorhat, also würde ich ihm die Liste der berühmten Asperger aufzählen: Bill Gates und Steve Jobs zum Beispiel. Und Greta Thunberg, obwohl, Paul war nicht so politisch interessiert. Also eher die Musikerliste, Bob Dylan zum Beispiel, Michael Jackson oder Mozart!

Na gut, mit den dreien hatte es Paul auch nicht so, aber Courtney Love, die Rocksängerin und Frau von Kurt Cobain, von dem Paul viel erzählt hat. Also, eigentlich erst, als er das E-Gitarren-Selfie verschickt hat. Davor war Nirvana nicht so ein großes Thema bei ihm.

Zurück zur Asperger-Liste und dem Anruf. Ich würde ihm die ganzen genialen Wissenschaftler mit Asperger aufzählen wie Albert Einstein und Marie Curie und Isaac Newton und zehn weitere mindestens.

Schon klar, die Liste ist aus dem Internet, doch ich hätte sie Paul beim letzten Anruf in seiner letzten Nacht trotzdem komplett vorgelesen, die ganze Namensliste.

Ach so, ja, zuletzt, da hätte ich Satoshi Tajiri erwähnt, keine Ahnung, ob man den Namen so ausspricht, aber das ist der Japaner, der Pokémon erfunden hat. Das hätte Paul bestimmt gefallen.

Und dann hätte ich gesagt: *Paul, lebe bitte, bitte weiter!*

Wer weiß, was aus ihm geworden wäre?

Hätte ihn meine Liste überzeugt?

Vielleicht hätte er sich trotzdem umgebracht. Oder gerade deswegen erst recht, vielleicht wollte er gar nichts werden. Vielleicht hat ihn das alles überfordert, also, was aus ihm hätte werden können.

Der hatte vielleicht gar keine Lust darauf, ein zweiter Einstein zu werden.

Ich als Nicht-Genialer denke natürlich, wow, was für eine Gabe und was für eine Chance!

Aber wenn du genial bist, dann ist das ja ein riesiger Druck. Wie viele geniale Leute scheitern oder sterben unerkannt, weil sie einfach nicht so weit kommen?

Und sowieso ist klar, nicht alle psychisch Kranken sind super schlau, genauso wie nicht alle genialen Leute psychisch krank sind.

Jedem kann es Scheiße gehen.

Vielleicht war es nicht der Asperger, sondern die Depression, vielleicht auch beides zusammen, vielleicht etwas ganz anderes. Dieses vielleicht, vielleicht, vielleicht, also dieses Nichtwissen, das macht mich total fertig.

Immer noch.

Wie muss es da erst seinen Eltern gehen?

Und seinen Schwestern?

FALLENDE

Das Einzige, was es zu bekämpfen gibt,
ist der nach Kampf strebende Geist in uns.

Morihei Ueshiba

PAUL

Nach der Weihnachtspause, zurück in Japan

Grau, für mich ist hier alles grau. Also, ich meine jetzt nicht nur den Schnee und die graue Häuserwand des Internats, wobei ich mich ernsthaft frage, ob die vor Weihnachten nicht blau war, diese Wand.

Die Gesichter sind auch alle grau, die der Lehrer und die meiner Mitschüler sowieso.

Die Farben sind weg, und bald bist du es auch! Für dich gibt es nur noch grau. Mehr ist nicht zu machen, mehr bist du nicht wert. Wieso bist du überhaupt nach Japan zurückgekommen? Warum hast du nicht …

Ein Koffer rollt viel zu laut über den grauen Flurboden. Lien zieht ihn hinter sich her, und selbst sie lächelt mir nur grau zu. »Und, Paul, wie war Weihnachten in Deutschland?«

Sie bleibt nicht einmal stehen, während sie mir diese Frage stellt, und lässt mir die bescheidene Wahl zwischen einem zusammenfassenden *super* oder *beschissen.*

Weil sie sich nicht für dich interessiert!

Ich folge Lien ein paar Meter durch das graue Gebäude, damit ich meine Antwort in einen kompletten Satz mit Subjekt, Prädikat und Objekt packen kann, und immerhin verlangsamt sie ein wenig ihr Tempo.

Ich könnte sie fragen, wieso sie nicht auf meine Nachrichten reagiert hat und wieso sie nie ans Telefon gegangen ist und wieso sie schon wieder so ein Shirt anhat mit langen Ärmeln, die bis zum Handgelenk reichen, obwohl es in dem Gebäude viel zu warm ist, und wieso sie sich damals geritzt hat und wieso sie das ganz sicher immer noch tut.

Aber ich frage sie nichts, sondern denke an das, was sie mich gefragt hat. *Und, Paul, wie war Weihnachten in Deutschland?*

»Mein Weihnachten in Deutschland?«, fange ich an. »Phantastisch! Wir feiern die Geburt eines Menschen, der vor zweitausend Jahren die Römer ärgerte, indem wir zwei Kilo tote Tiere verspeisen, einen silbern glitzernden Baum im Wohnzimmer aufstellen und teure Sachen in buntes Papier wickeln, um es kurz darauf wieder wegzureißen. Einfach nur phantastisch! Und eine so sinnstiftende Veranstaltung sage ich dir! Dazu diese betörende Musik von wegen …«

Und ich stimme die Lieder kurz auf Deutsch an: »O du fröhliche, o du selige, gnadenbringende Weihnachtszeit …« Und noch den Anfang von: »Stille Nacht, heilige Nacht …«

Lien bleibt endlich stehen, muss lachen, weil das Deutsch oder mein falscher Gesang total lustig für sie klingen muss, und genau da, ganz kurz, da ist das Grau verschwunden.

»So schöne Lieder? Echt schade, dass wir zu Hause kein Weihnachten feiern«, grinst sie.

»Moment, dafür feiert ihr das wunderschöne und ebenso sinnstiftende Neujahrsfest!«

Sie schaut mich unsicher an, ihr Lachen ist fort, und da ist alles schon wieder grau. »Du kennst dich nicht damit aus, mit unseren Traditionen.«

»Doch, doch, bei eurem Neujahrsfest gibt es auch gutes Essen und ordentlich Geldgeschenke in so einem speziellen Umschlag, ist quasi wie Weihnachten, nur ohne Jesus.«

»Paul, hör bitte auf«, sagt Lien und will weiter, doch ich stelle mich vor ihren Koffer, eher automatisch, glaube ich, also ohne Hintergedanken.

Ich will doch einfach nur noch länger mit ihr reden!

Doch du bedrängst sie! Du machst ihr Angst! Sie will vor dir fliehen!

»Die Geschichte von eurem Neujahrsfest ist also …«

»Erzähle mir nichts von meinem Land, okay!«

»Da krabbelte dieses fiese, hungrige Monster von den Bergen. Das ist so eine Mischung aus Drache, Löwe und Elefant. Und es wollte leckere Menschen fressen und das jedes Jahr und …«

»Lass es bitte!«

Und das Monster bist du, Paul!

»Und mit viel Lärm wurde es schließlich vertrieben, und deswegen das jährliche Feuerwerk und …«

Lien rollt ihren riesigen Koffer an meinen Füßen vorbei weiter zu ihrem Zimmer, und mir fällt zu spät auf, dass ich sie gar nicht nach *ihren* Ferien gefragt habe.

Was machte sie? Wie geht es ihrer Familie? Wie war das Wetter in Xiamen?

Solche Sachen eben, die normalsten Fragen, die ich nicht rausbekomme, die ich ihr nie stelle, die ich niemandem stelle, weil ich das eben nicht kann, weil das überhaupt nicht so einfach ist, auf sie zuzugehen oder einzugehen oder mit den Leuten hier umzugehen.

Weil du nicht normal bist. Weil du ein Freak bist.

Lien ist in ihrem Zimmer verschwunden, und jemand

klopft mir so fest auf die Schulter, dass ich zusammenzucke.

»Hi Engländer«, sagt Ryan, der in seinen Ferien mindestens fünf Kilo zugelegt hat – graues Fett hängt überall von seinem grauen Gesicht. »Wie war es in London?«

Er zieht den Schirm aus meinem Rucksack. »Hat es wieder so viel geregnet bei euch?«

»Zu tief in die Keksdose gegriffen, Ryan? Wie geht's denn Mami?«, frage ich zurück, weil ich seit Monaten schon nicht mehr auf seine nervenden Londonfragen antworte.

Ryan zieht mich damit ständig auf, nur weil er am längsten von allen gebraucht hat, um meinen kleinen Spaß aufzudecken. War natürlich peinlich für ihn, ich meine, er wohnt mit mir im Zimmer und nimmt mir ernsthaft ab, dass ich aus London komme, mit adeligen Wurzeln übrigens, was er besonders interessant gefunden hat. Seine Mutter übrigens auch, die war hin und weg, ihr Sohn teilt das Zimmer mit adeligem Geschlecht.

Zeitweise spielte Mateo mit und behauptete, er hätte mich dort in London, also schon vor der Zeit in Japan, kennengelernt. Was Ryan ja für einen riesigen Zufall hielt, und wir aber verneinten, weil ja Mateos Großvater auch Brite war.

Kurzum: Ryan konnte man eigentlich alles erzählen. Dem reichte eine Quelle, egal wie zuverlässig die war, um etwas zu glauben, der war da so ein bisschen wie Noah.

Und mit Mateo und mir hatte Ryan ja sogar schon zwei Quellen!

Doch jetzt will ich erst mal meinen Schirm zurück.

Ich gehe einen Schritt auf ihn zu und will ihn mir schnappen. »Gib den Schirm her!«

Ryan spannt ihn in Zeitlupe auf. »Und wenn nicht, du großartiger Engländer? Was dann?«

Avery stellt sich zu uns und wirft ihren vollgepackten, grauen Rucksack vor sich auf den Boden, offenbar um erst mal zu sehen, was hier gerade los ist. Jackson (grauer Rollkoffer) gesellt sich dazu, und Misaki (graue Trainingstasche) bleibt auch stehen.

Avery, Jackson und Misaki bilden fast einen Kreis um Ryan und mich, auch wenn das mathematisch zu dritt nicht möglich ist.

Es ist ein bisschen wie in diesen High-School-Filmen mit den breiten Gängen voller Schließfächer, kurz vor dem Kampf zwischen zwei Schülern aus unterschiedlichen Baseball-Teams.

Ein Kampf, genau. Und Ryan macht dich jetzt fertig.

Ruhe, du Scheißstimme.

Vor allen anderen wirst du auf dem Boden liegen.

Sei ruhig!

Und keiner wird dir helfen.

Ryan hält den aufgespannten Schirm hoch über seinen Kopf. »Na los, Engländer, hol ihn dir doch, kommst du da ran? Nein? Du englischer Zwerg!«

Du bist ein Zwerg, hast du das gehört? Alle haben es gehört! Ein grauer Zwerg.

»Lass Paul in Ruhe«, sagt Avery.

Misaki tritt aus dem Kreis zu Ryan. »Komm schon, hör auf damit.«

Jackson weiß nicht so recht, auf welcher Seite er stehen soll. Mit Ryan feierte er vor der Weihnachtspause auf allen Saufpartys, mich kennt er quasi nur vom Unterricht, ich bin als Nichttrinker uninteressant und irrelevant für ihn.

»Wieso, der englische Zwerg will doch kämpfen, oder?«, fragt Ryan. »Du bist doch ein Kampfzwerg oder etwa nicht?«

Und der Kampfzwerg wird verlieren.

Ich schaue mich in der Eingangshalle um, doch außer uns ist niemand da.

Mateo wäre jetzt hilfreich, der wäre auf meiner Seite, vermute ich jetzt mal. Vor den Ferien verbrachten wir ein paar dunkle Schneetage zusammen. Raus wollte keiner mehr bei der Kälte, und da zeigte er mir ein paar Riffs auf seiner Gitarre.

Doch Mateo ist noch am Flughafen oder im Zug hierher, oder er bleibt einfach in Spanien, weil er keinen Bock auf den japanischen Winter hat oder der Weihnachtsmann hat ihn gefressen.

Ryan klappt den inzwischen grauen Schirm wieder zu, und für ein paar Sekunden glaube ich ernsthaft, er will ihn mir einfach so übergeben, doch stattdessen holt er damit aus, wartet aber, und es scheint, als würde er nur noch überlegen, auf was er zuerst schlagen soll.

Auf meinen Kopf, meinen Arm, die Beine oder direkt in den Bauch?

Und du wirst verlieren. Vor allen!

»Lass es, Ryan!«, ruft Misaki, und Avery läuft zum Lehrerzimmer, und Jackson holt sein Handy raus und filmt, und Ryan grinst doof, und ich bereite mich auf den Kote-Gaeshi vor.

Das ist nur eine läppische Basistechnik, aber ich darf Ryans Handgelenk nicht zu früh verhebeln, sonst knallt er zu schnell auf den Boden, dabei will ich ihm vorher doch noch den Schirm abnehmen, sonst wäre der ganze Aufwand ja total sinnlos.

Du kannst keinen Kote-Gaeshi anwenden! Du nicht!

»Ist der Kampfzwerg eingeschlafen?«, fragt Ryan, holt schon wieder aus, ohne zuzuschlagen, und ich nehme Position ein, doch er muss den ersten Zug machen, denn Aikido ist Selbstverteidigung, kein Kampfsport!

Du hast alles vom Aikido vergessen, und du wirst verlieren!

Ich suche den Boden nach einer guten Stelle ab, da sollte jetzt nichts rumliegen, und wenn Ryan sich nicht allzu doof anstellt, wird er ordentlich landen, also nicht auf dem Kopf, sondern mehr oder weniger bequem auf dem Rücken, so dass ich in aller Ruhe seinen Arm über dem Bauch verdrehen kann.

Du wirst …

Okay, die Matten sind natürlich im Training etwas weicher. Aber das lässt sich nicht ändern, jetzt.

»Wie stehst du denn jetzt da?«, fragt Ryan. »Bist du jetzt der Karatezwerg oder was?«

… verlieren!

Noah hielt damals keine drei Trainings im Aikido aus, was okay für mich war, weil er mehr so der Mannschaftstyp ist und ich eher gern mit mir allein bin. Und auch wenn man natürlich immer mit einem Partner trainiert, ist man doch mehr bei sich als bei dem anderen.

Verlieren! Verlieren! Verlieren!

Noah nervten im Aikido die vielen Verbeugungen und die vielen Regeln und die vielen Wiederholungen und die vielen Techniksachen. Ich konnte mir das schnell merken und machte das aber auch nur alles, weil ich eine Sportart machen musste.

Das ist das ungeschriebene Familiengesetz bei uns, jedes

Kind muss einen Sportverein besuchen. Sofie macht zum Beispiel Handball schon ewig, gefühlt seitdem sie *Ball* sagen kann, und Lena ist in Leichtathletik.

Und alle werden dich auslachen!

Endlich holt Ryan mit dem Schirm aus, und er schreit kurz darauf auf dem Boden liegend ziemlich hysterisch irgendetwas, was sicher keiner von uns verstehen kann.

Mama ist es nicht, aber was dann? *Kampfzwerg* ist es bestimmt auch nicht, also nicht mehr.

Du fliegst von der Schule! Du musst nach Hause. Japan ist zu Ende für dich. Du bist am Ende!

»Krass«, sagt Jackson und steckt sein Handy weg.

Misaki nickt einfach nur anerkennend.

Ryan hat seine Sache auch sehr gut gemacht und sich optimal in der Luft gedreht. Er landete richtig auf dem Rücken mit einem ordentlichen Knall, das gibt nur blaue Flecken.

Im Training hat sich schon mal einer das Handgelenk gebrochen. Doch hier kann ich jetzt Ryans Arm, während er auf dem Boden liegt, ordentlich eindrehen und warten, bis er mit dem Geschrei fertig ist.

»Jungs!«, ruft eine altbekannte Stimme. »Aufhören!«

Nanami, unsere Japanischlehrerin, kommt vom Lehrerzimmer mit der grauen Tür, und Avery folgt ihr.

»Der Typ ist krank! Der ist krank!«, schreit Ryan, und ich lasse seinen Arm los. »Der Typ hat mich angegriffen«, heult er trotzdem weiter.

Nanami schaut aber gar nicht zu ihm, sondern zu mir. »Ein guter Kote-Gaeshi war das.«

»Was war das?«, fragt Ryan und lässt sich von Jackson vom harten Boden hochziehen. »Paul hat mich einfach so angegriff…«

»Aikido ist Verteidigung, kein Angriff«, unterbricht ihn Nanami und blickt sehr ernst zu mir. »Aber, Paul, du weißt, was Morihei Ueshiba gesagt hat?«

»Wer?«, fragt Ryan.

»Welches Zitat meinen Sie?«, frage ich, weil es ein paar hundert überlieferte Sätze von ihm gibt und vermutlich bei jedem Training mindestens einer dazu erfunden wird.

So machten wir das in meinem Training zumindest immer. Morihei Ueshiba hat gesagt: *Nuss-Schokolade vor dem Kampf bringt ordentlich Dampf.* Der war von mir. Oder Morihei Ueshiba hat gesagt: *Das Bier nach dem Kampf ist gegen den Krampf.* Der war natürlich nicht von mir.

»*Wenn du angegriffen wirst, schließe deinen Gegner ins Herz*«, sagt Nanami.

Den Spruch kenne ich noch nicht, und vielleicht hat sie ihn wirklich auch gerade erst erfunden.

»Wer ist Mori Ueshi?«, fragt Ryan.

»Morihei Ueshiba«, verbessert ihn Misaki.

»Der Geliebte von deiner Mama«, sage ich, und Ryan will mir deswegen schon wieder den Schirm aus der Hand reißen.

Nanami stellt sich zwischen uns. »Schluss jetzt! Ich bringe euch zum Hausmeister, eure überschüssige Energie muss unbedingt genutzt werden.«

Als ich am späten Abend total erschöpft mit Ryan zurück in unser Zimmer komme, sagt keiner von uns ein Wort. Sein Handy lässt er klingeln und nimmt erst beim fünften Anrufversuch ab.

»Bin müde«, sagt er zu seiner Mutter, zu wem sonst?

»… duschen … nur noch duschen …«

»… ja, dann schlafen …«

»Doch, doch, ich hab gegessen …«

»Nudeln, Nudeln mit Gemüse und ja … was?«

»Paprika oder so …«

»Ich bin echt müde. Ja, genug getrunken und …«

»… Wasser und so ein Saft … nein, Wasser …«

Und dann beendet er einfach so das Gespräch, nach zwei Minuten!

Er schaltet sogar sein graues Handy lautlos und verschwindet in der Dusche. Seine Mutter wird vermutlich gerade extrem besorgt in der Schuldirektion anrufen oder gleich eine japanische Notrufnummer wählen.

Aber ich bin von der Hausmeisterfolter auch erschöpft, und vermutlich könnten Ryan und ich ihn wegen Kinderarbeit verklagen.

Den grauen Schnee vom Hof wegschippen, das war noch in Ordnung, aber die Monatslieferung für die Kantine vom grauen Transporter in den Keller tragen, die neuen, grauen Tische ins graue Lehrerzimmer schleppen und …

»Gute Nacht«, sagt Ryan und wirft sich nicht mal richtig abgetrocknet auf sein Bett.

Hat er gerade *Gute Nacht* gesagt?

Das wäre das erste Mal.

Das bildest du dir nur ein! So wie alles!

Ich schaue ihn kurz an und entscheide mich gegen eine Antwort und gegen eine Dusche. Ich verschwinde lieber in meinem Kleiderschrank.

Ja, verkrieche dich.

Und schalte das LED-Licht ein.

Schalte es aus.

Das Licht ist gelblich, bringt Farbe in dieses Grau. Ich suche nach *Analysis* 1, einem Notizblock und einem Stift.

Wieso?

Ich stelle mir vor, wie auf dem Notizblock etwas von Lien steht, wie sie mir heimlich die Schranktür öffnete und etwas aufgemalt hat.

Kein Herzchen oder so ein Scheiß, aber einfach ein Gruß, also ein *Hallo* oder ein *Tapferer Kampfzwerg*, weil sich Ryans Überschlag vielleicht bis zu ihr herumgesprochen hat.

Aber da ist keine Notiz von Lien, nur eine graue Seite mit meinen grauen Formeln.

Ich suche meine AirPods und entscheide mich für Frank Zappa und denke, mit dem Song *Broken Hearts Are For Assholes* mache ich gerade nichts falsch.

Zappa, klar, ein Freak wie du, nur hatte der mehr Drogen!

Bevor der Song zu Ende ist, bin ich offenbar eingeschlafen, auf jeden Fall wache ich nach zwei, drei Stunden wieder mit einem Krampf in der rechten Wade im hell beleuchteten Kleiderschrank auf.

Es ist natürlich zu eng hier, aber …

… du hast nichts Besseres verdient.

… ich hab hier meine Ruhe und ein bisschen Farbe.

Der Algorithmus von Spotify hat sich inzwischen für Nirvana entschieden, keine Ahnung, wie der verschlungene Pfad von Frank Zappa hierher war, ich hab ihn ja verpennt.

Vermutlich ist Mateos Gitarrenkurs schuld daran, aber das ist jetzt egal.

Ich schalte das Handy aus und dann das LED-Licht.

Und wann schaltest du dich aus?

SPACE

»Ich sag mal so«, sagt das Känguru,
»gerade an Weihnachten gilt: Wer Visionen haben will,
darf nicht an den Drogen sparen …«

Marc-Uwe Kling, *Das Känguru-Manifest*

PAUL

In Deutschland, kurz vor Weihnachten

Meine Mutter steht mit Lena und Sofie in der Ankunftshalle. Die beiden Mädchen tragen rote Elchmützen, also mit Stoffgeweih auf dem Kopf, und ich muss mich total beherrschen, keinen Kommentar abzugeben.

Ach je, doch wieder in den Kindergarten zurückgestuft worden?

Ist in Deutschland jetzt Karneval oder Weihnachten?

Solche Sprüche eben, die meine Schwestern eigentlich von mir gewöhnt sind, die ich ihnen aber nicht gleich um die Ohren hauen will. Ich kann damit auch bis zum Auto warten.

Beim Landeanflug habe ich Bowie noch ein bisschen lauter gedreht, weil ich wusste, dass gleich der stressigste Teil des Fluges kommt, sobald wir die Parkposition erreicht haben, alle gleichzeitig aufspringen, panisch ihr zu schweres Handgebäck durch den vollgestopften Flieger zum Ausgang tragen – als wäre eine nukleare Zeitbombe an Bord –, um dann eine Stunde am Gepäckband zu warten.

Ich bleibe immer sitzen, bis der Flieger leer ist.

Weil du die Bombe bist! Weil du bald explodieren wirst!!!

»Paul!«, ruft meine Mutter, und meine Schwestern springen aufgeregt auf und ab, und ihre Elchgeweihe wackeln. Sie umklammern mich alle drei gleichzeitig, und ich weiß gar nicht, wohin mit meinen Armen.

Umarmungen sind sowieso nicht so mein Ding, und das hier im Flughafen mit zehntausend Menschen ist mir echt zu viel.

»Können wir erst mal ins Auto?«, frage ich.

Meine Mutter will mir den Rollkoffer abnehmen, und Sofie zieht meinen Schirm aus dem Rucksack.

»Das ist er, das ist er!«, sagt sie ganz aufgeregt, und schon wieder wackelt das Elchgeweih.

Das ist alles so lächerlich, du bist lächerlich! Und peinlich!

»Hat es in Japan viel geregnet?«, fragt meine Mutter. »Auf deinen Fotos war immer Schnee.«

»Mama!«, sagt Sofie empört. »Das ist Pauls Schutzschirm.«

»Schutzschirm?«

»Können wir bitte erst mal zum Auto gehen?«, sage ich fast schon bettelnd, weil ich in dieser vollen Halle keine Sekunde länger bleiben will.

Auf dem Weg zum Parkhaus erzählt Sofie die Geschichte von meinem Schirm, so ähnlich, wie ich es ihr in einer Mail geschrieben habe. Wie mir ein alter Samurai tief im Wald diesen magischen Schirm geschenkt hat und wie der die Waldgeister fern hält und wieso das in Japan so wichtig ist.

»Eine schöne Geschichte«, sagt meine Mutter.

»Den Blödsinn hast du geglaubt?«, fragt Lena, die sich für total erwachsen hält.

»Natürlich nicht«, sagt Sofie. »Aber ich mag Pauls Geschichten.«

»Und wieso hat ein alter Samurai…«, will Lena kritisch nachfragen.

»Es war übrigens der *Geist* eines alten Samurai«, korrigiere ich. »Und der hieß vor langer, langer Zeit Oda Nobunaga …«

Peinlich, alles ist peinlich. Selbst deine erfundenen Geschichten sind es.

»Und wieso hat sein Geist dir einen Regenschirm überreicht?«, fragt Lena. »Die gab es früher doch überhaupt nicht!«

»Nicht hier im rückständigen Europa«, erkläre ich, »aber in Asien hatten sie schon viel früher Schirme als wir.«

Lena nimmt Sofie den Regenschirm aus der Hand. »Die hatten da Regenschirme aus Plastik?«

»Natürlich nicht«, sage ich und bin froh, dass wir endlich beim Auto sind. »Oda Nobunaga überreichte mir die alte Wurzel einer Eibe, und daraus wurde dieser wundervolle Schutzschirm gezaubert.«

Kaum fahren wir los, setzt Lena ihr Verhör fort. »Eibenholz also? Wieso hat dieser Oda nicht gleich einen Zauberstab daraus gemacht?«

»Na, jetzt rate mal!«, mischt sich meine Mutter ein und lenkt das Auto Richtung Autobahn.

»Keine Ahnung«, sagt Lena.

»Wegen Harry Potter!«, ruft Sofie.

Ich weiß nicht, wovon die reden, meine *Harry-Potter*-Zeit liegt schon ein paar Jahre zurück.

»Na, wegen *Du-weißt-schon-wem*!«, sagt meine Mutter, die mit mir früher bis nach Mitternacht die *Potter*-Bände las und das auch mit Lena und Sofie so handhabte, sprich: inzwischen ein lebendes Hogwarts-Lexikon sein müsste.

»Lord Voldemorts Zauberstab ist aus Eibenholz?«, fragt Lena.

»Oh nein«, sagt Sofie in gespielter Verzweiflung. »Du hast seinen Namen gesagt!«

Imperius! Crucio! Avada Kedavra!!!

Ich schaue auf dem Handy nach und lese, dass auch Ginny Weasley einen aus Eibenholz hatte. Doch das behalte ich für mich, weil es meine Geschichte von Oda Nobunaga und dem Geisterwald durcheinanderbringen würde.

»Ja, richtig, Voldemort!«, sage ich. »Und deswegen überreichte mir der alte Samurai keinen Zauberstab, sondern diesen wundervollen Schirm.«

»Und vor was schützt der?«, fragt Lena, die jetzt endlich mitspielt.

»Vor Lärm und zu viel Leuten, denn wenn du ihn aufklappst, dann hast du fast einen kleinen Raum, nur für dich.«

Meine Mutter schaut kurz zu mir und sieht auf einmal ziemlich besorgt aus, sie will etwas fragen, aber lässt es bleiben.

Am Hauseingang steht mein Vater und telefoniert, doch als ich aus dem Auto steige, beendet er sein Gespräch und kommt auf mich zu. Er freut sich, dass ich wieder da bin, das weiß ich. Doch so richtig kann er es nicht sagen. Ihm fällt nichts Bedeutendes ein, mir auch nicht. Meine Mutter schiebt uns beide zusammen wie zwei Spielzeugautos.

Wir sind nicht so die Umarmer, wir hätten das beide jetzt nicht gebraucht. Aber irgendwie tut es gut.

Doch niemand von ihnen liebt dich wirklich!

Sofie drückt meinem Vater meinen Schirm in die Hand. »Gut auf den aufpassen, Papa. Der ist vom alten Samurai!«

»Vom alten Samurai?«

In meinem Zimmer sieht es exakt so aus wie vor der Abreise nach Japan. Da hat sich in den letzten Monaten nichts getan, und nur der blaue Legofrachter unter meinem Schreibtisch mit einem T-Rex auf dem Deck beweist, dass Sofie mal hier war.

Mein Vater klopft an die Tür. »Essen ist fertig.«

»Du hast gekocht?«, frage ich, ohne die Tür zu öffnen.

Er lacht und ruft: »Nicht so skeptisch!«

Nach drei Minuten klopft es noch einmal, und meine Mutter öffnet langsam die Tür.

»Wir essen zusammen.«

Ich liege im Bett und strecke mich in alle Richtungen so weit wie möglich. Es ist hier zu Hause wirklich bequemer als im Kleiderschrank in Japan.

Von unten höre ich Lena und Sofie streiten, und es geht offenbar darum, wer neben mir sitzen darf.

»Paul, wir essen!«, sagt meine Mutter schon wieder an der Tür.

»Ich bin total müde«, sage ich und ziehe mir die Decke bis über die Augen.

»Wir würden trotzdem gern mit dir etwas essen.«

»Ich hab im Flugzeug ...«

»Pizza Salami«, sagt meine Mutter, »von deinem Lieblingsitaliener.«

»Dachte, Papa hat gekocht«, sage ich, und da fällt mir ein, er hat nur gesagt, dass das Essen fertig ist.

Ich will mich aufrichten, schaffe es aber nicht, weil ich einfach nur kaputt bin. Der Flug war echt lang und laut und eng, so wie im Internat alles laut und eng war, und hier ist es jetzt endlich ruhig, und das Zimmer ist groß, und ich muss es mit niemandem teilen.

Meine Mutter kommt rein, setzt sich auf die Bettkante, zieht meine Decke vom Gesicht und hält mir die Hand an die Stirn. »Fieber hast du nicht.«

Lena steht an der Tür. »Können wir schon mal anfangen?«

»Klar«, sage ich.

»Mama?«, fragt Lena, um ganz sicherzugehen.

»Fangt schon mal an«, sagt meine Mutter, und Lena schreit »Ja, wir dürfen!«

Meine Mutter steht auf, schließt die Tür und setzt sich wieder zu mir. »Du hast dich kaum gemeldet, die letzten Wochen.«

»War viel los.«

»Was denn so?«

»Nee, Mama, jetzt nicht.«

»Geht es dir da gut?«

»Ja!«

»Was ist mit dem Foto von dir im Kleiderschrank?«

»Das war doch nur ein Spaß.«

»Sah aber ganz gemütlich aus.«

»Vielleicht. Keine Ahnung.«

»Ärgert dich da jemand?«

»Nein!«

»Dann müssen wir wohl vom Schlimmsten ausgehen«, sagt meine Mutter und holt meinen Wäschesack aus dem Koffer.

»Und das wäre?«, frage ich.

Sie sortiert meine Kleider auf dem Boden nach 40- und 60-Grad-Wäsche. »Du bist verliebt.«

»Mama!«

»Mateo oder Lien?«, fragt sie, und ich bin total überrascht, dass sie sich die beiden Namen gemerkt hat, und ich bin irgendwie froh, dass sie beide Namen sagt und mich nicht auf eine Sache reduziert, weil: So einfach ist das alles überhaupt nicht.

»Schon okay«, sagt meine Mutter. »Ruh dich aus.«

»Mama?«, sage ich, bevor sie die Tür wieder hinter sich schließt und zu den anderen geht, die am Esstisch sitzen und sich garantiert wundern, wieso wir nicht kommen, was mit mir los ist und ob das jetzt an Japan liegt oder an ihnen.

»Was denn, mein Schatz?«, fragt meine Mutter.

»Bestünde die Möglichkeit, ein Stück Pizza zu bekommen?«

»Klar. Lena bringt dir was hoch.«

Die kommenden Tage bis Weihnachten verbringe ich fast nur im Bett oder am Computer oder am Fenster. Im Bett blättere ich durch meine Mangas, ohne richtig zu lesen.

Am Computer zocke ich mit Noah, der mich gern richtig treffen will, was ich aber einfach nicht schaffe, weil ich niemanden sehen kann, also das ist total unvorstellbar für mich.

Und am offenen Fenster rauche ich meine Joints.

Das mit dem Fenster ist eigentlich totaler Quatsch, weil schon beim ersten Joint Lena ins Zimmer platzte und fragte, was so komisch riecht.

Sofie merkt nichts oder ihr ist es einfach egal, und meine Eltern lassen mich in Ruhe, vielleicht, weil ich kein Kind mehr bin oder weil sie früher womöglich auch mal gekifft haben oder weil sie einfach nicht wissen, was gerade mit mir los ist, und aus Angst davor, etwas falsch zu machen, lieber nichts machen, was ich übrigens für einen weisen Entschluss halten würde, wenn es wirklich so wäre.

Ich meine, Leon aus meiner Klasse vom Gymnasium wurde schon mal nach einem Alkoholexzess bei seinem Onkel ins Krankenhaus eingeliefert, und Felix hatte beim Sommerfest auf die Bühne gekotzt, weil er in der Raucherecke eine halbe Flasche Wodka geleert hat. Vielleicht war das mit mir und dem Joint auch wirklich nur das kleinere Übel für meine Eltern.

An das Gras komme ich über Flo, der natürlich anders heißt und dessen wahre Identität ich für mich behalte, da sonst alle bei ihm einkaufen wollen und die hohe Nachfrage bei gleichbleibendem Angebot die Preise versaut.

Flo ist auf meiner Schule und war da eigentlich nur total stoned anzutreffen und macht damit jedem klar, dass er nicht nur ein guter Verkäufer, sondern selbst auch sein bester Kunde ist.

Beim Spaziergang eine Woche vor der Abreise nach Japan drehte er mir den ersten Joint, klärte mich über die verschiedenen Sorten und Wirkungen auf. Beim zweiten Treffen wusste ich schon mehr als er.

»Ein Zehner für ein Gramm bestes Ami Weed?«

»Wucherpreis. Und hast du nichts für Erwachsene? White Widow vielleicht?«

Na ja, so ähnlich liefen die Gespräche ab, und ich drehte mir noch vor Japan meine ersten eigenen Joints.

Noah schaute nur zu und nippte aus seiner Bierdose. »Wenn dein Joint so schmecken würde wie er riecht, wäre ich dabei«, war so einer seiner Fachkommentare.

»Wenn dein Bier so schmeckt, wie du danach riechst, dann tust du mir leid«, konterte ich.

Jetzt ist Heiligabend.

Unten im Wohnzimmer zählen Sofie und Lena den Countdown.

Ich ziehe noch mal am Joint, und mir wird erst jetzt so richtig klar, dass die Stimme weg ist, also nicht meine eigene Stimme, sondern diese nervige *Du-bist-Restmüll-alle-hassen-dich-Stimme.*

Diese fiese Stimme ist wie weggeblasen vom Weed, wobei es aber auch an diesem Zimmer hier liegen kann und an der Ruhe und den fehlenden Mitschülern.

Wie lange schon hat sie sich nicht mehr gemeldet?

Mit noch einem vorletzten, ordentlichen Zug bereite ich mich auf das Grauen vor, das mich im Wohnzimmer erwartet.

»Kommst du?«, ruft Lena, die ganz aufgeregt ist und hoffentlich nicht schon wieder die Elchmütze aufhat.

»Wir fangen an!«, schreit jetzt auch noch Sofie.

Von unten schallt es mir aus der Stereoanlage entgegen. *Stille Nacht, heilige Nacht! Alles schläft, einsam wacht nur das traute, hochheilige Paar. Holder Knabe im lockigen Haar …*

Ich ziehe ein letztes Mal am Joint und versenke ihn im Blumentopf auf dem Fensterbrett. Mit dem Joint bin ich immerhin gleich nicht mehr so mittendrin, sondern eher oben drüber, das gefällt mir.

Ich denke an eine meiner Lieblingsstellen beim *Känguru-Manifest,* als sich das Känguru mit Marc-Uwe auf das Weihnachtsfest vorbereitet und die Schnapspralinen mit Wodka füllt und dann erklärt: *Wer Visionen haben will, darf nicht an den Drogen sparen …*

»Bitte, Paul, komm!«, sagt meine Mutter und steht

auf einmal neben mir im Zimmer, als hätte sie sich vom Wohnzimmer hierher gebeamt – oder war ich einfach ein paar Sekunden woanders?

Obwohl das hier wie auf einer abgebrannten Marihuana-Plantage riecht, sagt sie nichts dazu. »Es ist Heiligabend, da essen wir zusammen. Einverstanden?«

Frühstück, Mittagessen und Abendessen hatte ich mir die letzten Tage immer mit auf mein Zimmer genommen.

Meine Mutter wartet nicht auf eine Antwort, sondern nimmt mich an die Hand und zieht mich, ganz sachte, aus meinem Zimmer. »Wir können die Musik auch ausmachen, okay?«

»Schon gut«, sage ich. »Dann hört man Sofie wenigstens nicht so schmatzen.«

Nach zwei, drei Gabeln mit Fleischwürfeln bin ich satt, ich stochere aber noch ein wenig im Tomatensalat herum, damit sich meine Mutter keine Sorgen macht.

»Magst du Fondue nicht mehr?«, fragt mein Vater. »Wir haben noch so viel Rindfleisch übrig, oder hier: Huhn.«

Meine Mutter schubst ihn an, und er nickt und schweigt.

Der Tannenbaum mit dem Lametta glitzert etwas heftig, und ich denke mal, das könnte auch am Weed liegen.

Doch Visionen bekomme ich jetzt keine, also, weder fliegt ein lila Engel durch den Raum noch erscheint mir der Heiland und verkündet den Jüngsten Tag.

»Das war Lenas Wunsch«, sagt mein Vater und zeigt zum Baum. Da entdecke ich, dass unser Weihnachtsbaum eingetopft ist.

»Dreißig Millionen Bäume müssen jedes Jahr gefällt werden«, erklärt Lena. »Allein in Deutschland.«

»Das ist echt tragisch«, sage ich, und Mariah Carey singt

All I Want For Christmas Is You, und das ist noch viel tragischer.

Nach dem Auspacken der Geschenke verschwinde ich wieder in meinem Zimmer. Meine Mutter strahlt und ist einfach nur froh, dass ich für eine Stunde dabei war bei diesem unvergesslichen, jährlich stattfindenden, mit sinnstiftenden Ritualen und aufgepimpten Effekten bereicherten Familienereignis.

Ich wünschte mir eine einfache Harley Benton DC-200 und bekam eine Hagstrom Ultra Swede mit Verzerrer und 50-Watt-Marshall-Verstärker, doch ich stöpsle lieber die Kopfhörer ein.

Ich übe die Riffs, die mir Mateo in Japan beigebracht hat, und alle sind von Nirvana, wobei so Grunge-Bands eigentlich nie auf meiner Playlist stehen, doch ich bin selbst schuld daran. Ich hatte Mateo schließlich versehentlich auf Nirvana gebracht.

Irgendwann ist es im Haus total ruhig, die Stereoanlage im Wohnzimmer ist aus, meine Eltern schlafen, und selbst Lena und Sofie stürmen nicht mehr mit ihren neuen Nerf-Waffen durch den Flur.

Lena war es total wichtig, dass sie keinen lila Blaster bekommt, weil sie das – Zitat – »bescheuerte Gender-Marketing der Spielwarenindustrie« boykottieren will.

Ich war schon etwas stolz, wie sie mein Vokabular einfach so übernommen hat und nicht auf ihre kleine Schwester hörte, die unbedingt die pinke Armbrust mit den lila Schaumstoffpfeilen vom Weihnachtsmann wollte, der ihr den Wunsch auch erfüllte, es ist ja schließlich das große Fest der Liebe und des Friedens, und wer will sich da ernsthaft mit seinen Kindern anlegen und über Kriegsspielzeug streiten?

Die perfekte Ruhe in diesem großen Haus ist gar nicht mehr so gut, ich bekomme jetzt keine Angst oder so, aber die Stimme überlegt sich etwas. Das merke ich, sie denkt über die Rückreise nach Japan nach und wie es dort weitergeht, und sie will mich überhaupt nicht mehr dort sehen und hier aber auch nicht, sie will einfach nur, dass das alles vorbei ist.

Das willst du doch auch, oder?

Ich lenke mich ab und schreibe Lien die zehnte Nachricht heute, doch sie antwortet ebenso wenig wie auf meine Nachrichten gestern und vorgestern.

Mateo hat sich mal kurz bei mir gemeldet, Noah hat einen tanzenden Weihnachtsmann geschickt, und das war es auch schon an sozialen Kontakten.

Weil du allen egal bist und eine Last bist und …

Und da meldet sich Flo mit einer Nachricht, und es ist genau ein Uhr in der allerheiligsten Nacht des Jahres. *Pennen euRe Alten Endlich? dann Schaut mal hier!*

Ich verstehe nicht, wie man im Zeitalter der KI-gestützten Autokorrektur noch so viele Fehler machen kann, also, wie das technisch überhaupt möglich ist, so eine Nachricht zu versenden.

Der Link führt zur einer Seite mit der Überschrift: *Let's Fly! Das Rezept für die perfekten Space-Cookies.*

Ich überfliege die Zutatenliste *(Butter, Marihuana, Mehl, Backpulver, Eier, Zucker und Schokolade),* und mein Entschluss ist gefasst, weil die Alternative nur wäre, mich mit meiner Stimme zu streiten, und das will ich nicht, nicht in der stillen Nacht, heiligen Nacht.

Deine letzte Nacht?

In der Küche hat einer das Licht angelassen, und ich vermute, es war Lena, die noch ein wenig die Vorräte plünderte, bevor sie schlafen ging.

Immerhin hat sie den 200-Gramm-Lindt-Weihnachtsmann aus Alpenvollmilchschokolade nicht angerührt.

»Verzeihen Sie bitte«, sage ich, packe ihn aus und werfe ihn in einen Topf und lese erst dann, dass die Butter mit dem Marihuana zuerst vermischt werden muss, was mich total nervt und ich einfach mal unbeachtet lasse, was sich als Fehler herausstellt, weil das Marihuana erst noch in den Ofen muss vorher, um zu *decarboxylieren,* wie es im Rezept heißt.

Schließlich fange ich von vorn an, und als ich gegen vier Uhr ein Backblech mit Space Cookies aus dem Ofen schiebe, steht mein Vater vor der Küchentür.

Wir schauen uns ziemlich lang an, ohne etwas zu sagen, und eigentlich braucht man auch keine Augen, um zu wissen, was ich hier mache.

Es riecht vermutlich bis zum Dachboden nach Gras.

»Pass bitte auf, dass deine Schwestern keinen essen. Lass nichts rumliegen.«

»Okay.«

»Und mach die Fenster auf.«

»Okay.«

»Gute Nacht.«

»Willst du einen?«, frage ich so leise, dass er es gar nicht verstehen kann.

Nach zwei Cookies bin ich mehr als bedient und lasse mich ins Bett fallen. Flo, Mateo, Noah und Lien schicke ich das Foto vom Backblech, und sicher kapiert nur Flo, was da wirklich zu sehen ist.

Und weil Lien immer noch nichts geschrieben hat, rufe

ich sie an. Beim ersten Mal lasse ich es nur kurz anklingeln. Beim zweiten und dritten Mal warte ich immer bis zur Ansage, auch beim vierten und fünften Mal und sechsten Mal.

ABSCHIED EINS

Jetzt ist er von uns gegangen
und diesem blöden Club beigetreten.
Ich habe ihm gesagt, er soll
diesem blöden Club nicht beitreten.

Wendy Fradenburg Cobain O'Connor

PAUL

Nach den Weihnachtsferien,
die letzten Stunden in Japan

Ryan geht mir endlich aus dem Weg, soweit das möglich ist, wenn man sich ein Zimmer teilt. Inzwischen hat er vermutlich gegoogelt und weiß, wer Morihei Ueshiba war und was ein Kote-Gaeshi ist und welche Griffe und Techniken ich vermutlich noch beherrsche und dass er eigentlich Glück gehabt hat, weil bei seinem Gewicht so ein Sturz auch mal etwas mehr weh tun kann.

Du hast ihn angegriffen! Du Monster! Was ist mit dir los?

Ryan fragt mich nicht mehr, was in den vielen Paketen ist, die von Amazon angeliefert werden und die der Hausmeister in unser Zimmer trägt. Und Ryan will auch nicht wissen, wieso ich so lange im Badezimmer bin, obwohl ich früher nach der täglichen zwei-Minuten-Dusche immer sofort wieder draußen war, weil mir dieser stickige, feuchte und enge Raum auf die Nerven ging.

Und jetzt verletzt du dich dort. Jeden Tag. Unter der Dusche. So, dass das Blut in den Ausguss fließt. Doch so ist es gut.

Jackson, Avery, Misaki und alle anderen wissen, dass ich nicht mehr zum Essen komme, seit Tagen übrigens. Davon gehe ich zumindest aus.

Und doch mache ich mir manchmal was vor.

In solchen Momenten hoffe ich, sie alle in der Kantine wissen nicht wirklich, also, so richtig bewusst, dass ich fehle, und es ist nur, weil sie mich einfach nicht beachten, weswegen es ihnen nicht auffällt. Ein komplizierter Gedanke, der sich aber auch nicht gut anfühlt, denn eigentlich läuft es auf dasselbe hinaus.

Richtig. Sie wollen alle, dass du verhungerst!

Lien weiß, dass ich mich verletze, und sie weiß, wie ich das mache und womit. Und ich weiß, dass sie sich verletzt und wie und womit. Wir mussten nicht einmal darüber sprechen, was sowieso nicht möglich ist, weil sie mir nur noch aus dem Weg geht.

Doch wir wissen trotzdem alles voneinander, da bin ich mir sicher.

Und du weißt nichts!

Ich trage immer kurze Shirts, und ich merkte, wie Lien, als sie mir im Flur entgegengekommen war, meinen Oberarm anstarrte und wusste, woher diese wunden Stellen kommen.

Ich nickte nur zu ihrem linken Arm, der wie immer vom Pullover verdeckt war, den ich dennoch damals im Zug nach Tokio nackt sehen konnte, ohne schützende Baumwolle. Ich hatte die neuen roten Wunden gesehen und die alten, weißen, vernarbten auch.

Wir verletzen uns beide, Lien und ich, und wir wissen das, und wir verschweigen es.

Und du weißt immer noch nichts!

Mateo muss auch merken, dass es mir schlecht geht, weil ich kaum noch mit ihm spreche, obwohl wir jeden Tag zusammen sind.

Er zeigt mir neue Riffs, und weil ich meine Hagstrom Ultra Swede vom Weihnachtsbaum mit nach Japan gebracht habe, können wir zusammen spielen, was nicht schlecht klingt, die ganze Sache aber auch nicht besser macht.

Weil dir nichts und niemand mehr helfen kann!

Wenn wir überhaupt noch reden, dann über Nirvana, und daran bin ich selbst schuld, dafür kann Mateo nichts, weil er nicht wissen konnte, wie wenig ich mich für die Band interessiere und wie sehr für Kurt Cobain, also, eigentlich nur für sein selbstgewähltes Ende.

Ja, diese Entschlossenheit, diese Planung. Das schaffst du nicht!

»Kannst du Gitarre spielen?«, fragte mich Mateo vor ein, zwei Monaten, als ich gerade auf dem Weg zu meinem Zimmer und meinem Kleiderschrank war.

Ich war mir nicht sicher, ob er nur Mitleid mit mir hatte, weil ich eher der Einzelgänger war, und ob ich jetzt deswegen so ein soziales Projekt von ihm werden sollte.

So wie die Nachbarn bei mir zu Hause in Deutschland für eine Rentnerin in der Straße einkaufen gehen oder mit ihrem ebenso altersschwachen Dackel im Park eine Runde drehen.

»Paul?«, fragte Mateo mich in dem Flur noch einmal, weil ich einfach total lang überlegte, bevor ich antwortete, was mir noch nie aufgefallen ist, aber vielleicht schon immer so war. »Kennst du dich jetzt mit Gitarre aus oder nicht?«

»Nur Luftgitarre«, sagte ich und spielte das Riff von Bowies *Queen Bitch,* also so, wie ich mir das vorstellte als jemand, der keine Ahnung von Gitarre spielen hatte. Ich schrubbte quasi einfach die Hände über den Luftgitarrenhals auf und ab und zupfte dabei an den Luftsaiten herum.

Mateo schaute mir zu und sagte schließlich: »Ganz klar, *Smells Like Teen Spirit*«, und ergänzte, als käme ich von einer anderen Galaxie: »Nirvana.«

»Genau!«, log ich. »Hast du das echt erkannt?«

»Sofort.«

Mateo führte mich in sein Zimmer, holte seine E-Gitarre aus dem Kleiderschrank, in dem er nicht wohnte, und überreichte sie mir. »Soll ich dir ein paar Sachen beibringen?«

»Einfach so?«

»Wieso nicht?«, fragte Mateo zurück.

»Was steht im Kleingedruckten?«

»Im was? Ach so, du kommst ja aus Deutschland. Nein, ganz ohne Bürokratie und Vertragstext, einfach so.«

Mateo steckte alle möglichen Kabel ein, setzte sich den Kopfhörer auf, stimmte die Gitarre und machte eine kurze Pause. »Obwohl, vielleicht kannst du zwischendurch mal was von Amazon bestellen für mich?«

War ja klar, dass keiner auf diesem Internat ohne Gegenleistung mit mir zu tun haben wollte, aber ich war nicht sauer auf Mateo, weil ich wirklich ständig Zeug bestellte und ihm klar war, dass ein paar Pakete mehr meine Eltern auch nicht in den finanziellen Ruin treiben würden.

Sie wären vermutlich eher erfreut darüber, wie vielseitig interessiert ich doch bin. Vorausgesetzt, Mateo bestellte Romane und Sachbücher und nicht nur teure Sneaker oder so.

Ich fand Mateos Angebot fair, und E-Gitarre lernen, das war überhaupt kein Fehler. Ohne Gitarre wäre Bowie auch niemals ausgekommen, und der spielte zudem noch Saxophon, Mundharmonika, Keyboard und Koto, also diese japanische Zither. So ein bisschen Gitarre lernen klang also gut für mich.

Dabei ist es schlecht. Weil du das alles doch gar nicht mehr brauchst!

»Abgemacht«, sagte ich zu Mateo.

»Pro Stunde ein Päckchen?«

Ich nickte, wobei die Definition von Päckchen ja nicht besonders präzise war, also nicht viel über den Inhalt aussagte und in ein so bescheidenes Päckchen theoretisch auch eine 18-Karat-Goldkette passte.

»Dann fangen wir mit ein paar Riffs von Nirvana an«, sagte er, und dass ich gar kein Nirvana-Fan war, sondern nur Kurt-Cobains-Suizid-Fan, wollte ich ihm nicht sagen.

Das ist sowieso schon alles ein paar Monate her, und inzwischen kenne ich mich aus.

Ich erkläre Mateo, wie Nirvana zu Nirvana wurde, wie die Band anfangs über dem Kosmetiksalon der Mutter des Bassisten übte und noch gar nicht Nirvana hieß, sondern mal Skid Row oder The Sellouts, danach Windowpane und davor oder danach, das hab ich jetzt selbst vergessen, Ted Ed Fred.

Und das mit dem Stil ist auch nicht so einfach, weil: Nur Grunge war Nirvana ja bald nicht mehr, also eher so Punk-Grunge-Rock, und sonst hätten sie auch keine Millionen Alben verkauft.

Über Nirvana kann ich Mateo aufklären, über Weed leider nicht, da ist er so resistent wie Noah zu Hause. Die beiden sind der biederen Langweilerdroge Alkohol verfallen.

Meine Geschichte von den Space Cookies in der Heiligen Nacht findet Mateo trotzdem lustig, und bis eben hat er noch gedacht, dass das auf dem Foto mit dem Backblech wirklich nur Weihnachtskekse waren.

Also, für einen Nirvana-Fan kennt er sich wirklich viel zu wenig mit Drogen aus.

Daher erzähle ich ihm endlich von Kurt Cobain, von seiner Heroinsucht und die Details von seinem Ende, also das, was Mateo noch nicht wusste, wie Kurt Cobains Mutter ihn bei der Polizei in Seattle als vermisst meldete und wie seine Frau sogar einen Privatdetektiv beauftragte, weil keiner einen Schimmer davon hatte, wo er steckte.

Niemand wird bei dir die Polizei rufen! Niemand wird dich suchen. Niemand!

»Club 27 eben«, sagt Mateo, als wäre das die Neuigkeit des Tages, und ich schüttelte nur den Kopf.

Ich halte diese Club-27-Theorie für totalen Quatsch, nur weil sich Promis gern in dem Alter das Leben nehmen, also, dass es angeblich in der Branche so ein typisches Alter dafür gibt.

Diese Rechnung geht ja nur auf, weil all die Promis, die sich früher oder viel später das Leben nehmen, dabei überhaupt nicht erwähnt werden.

Robin Williams zum Beispiel, der brachte sich mit dreiundsechzig Jahren um. Ich hatte ihn übrigens vor ein paar Monaten erst als helfenden Psychologen in *Good Will Hunting* gesehen. Das war so einer der Filme auf der To-watch-Liste meines Vaters.

Und dann ist da noch die Sache mit der selbsterfüllenden Prophezeiung.

»Das mit dem Club 27 ist wie eine selbsterfüllende Prophezeiung«, erkläre ich auch Mateo, und er schaut mich so an, wie Menschen immer einen anschauen, wenn sie noch ein paar Erklärungsfragmente mehr brauchen.

»Du glaubst als Superstar so intensiv daran, dass es mit

siebenundzwanzig Jahren vorbei ist, dass du genau in dem Alter deine eigene Prophezeiung erfüllst«, sage ich, und weil Mateo immer noch so ratlos schaut, baue ich ihm ein Beispiel. »Wenn dir mit siebenundzwanzig Jahren ein Meteorit den Kopf zertrümmert und du das genau so vorausgesagt hast, dann ist es eine Prophezeiung. Wenn du dir aber mit siebenundzwanzig Jahren selbst das Leben nimmst, dann ist das eine selbsterfüllende Prophezeiung.«

Mateo schaut nicht mehr ratlos, sondern sagt: »Lass uns noch mal das Riff spielen von *The Man Who Sold The World*.«

»Dir ist schon klar, dass das eigentlich ein alter Song von Bowie ist?«

»Total klar, das sagt Nirvana ja auch am Ende des Stückes selbst. Also, lass uns jetzt mal anfangen.«

»*The Man Who Sold The World* hieß Bowies drittes Album, veröffentlicht 1970, über zwanzig Jahre, bevor Nirvana es bei MTV unplugged coverte.«

»In New York, richtig. Danke für die Info. Bist du bereit?«

»Übrigens hat Bowie auch gekifft. So wie Kurt Cobain, Frank Zappa und Barack Obama. Alle Guten kiffen, du solltest endlich damit anfangen, Mateo! Klar, nicht in Japan. Aber wenn du wieder in Spanien bist, dann …«

»Eins, zwei…«, zählt Mateo den Takt an. »Eins, zwei, drei, vier …«

Nach der Stunde Gitarre überreiche ich Mateo wie immer mein Handy und schaue ihm über die Schultern. Er legt sich eine 500er-Packung Koffeintabletten in den Amazon-Warenkorb.

»Du hättest auch von mir ein paar haben können«, sage ich.

Mateo schaut ein paar Sekunden zu lang auf das Display, bis mir klar wird, dass er durch meine Bestellhistorie scrollt. »Krass. Was die für Scheiß bei Amazon verkaufen. Wofür brauchst du denn …«

Ich ziehe ihm mein Handy aus der Hand und verlasse sein Zimmer. Wenn es ihn wirklich interessiert, wird er mir folgen, oder er wird mich noch einmal fragen oder er wird die Schuldirektion informieren oder gleich meine Eltern anrufen, wobei er deren Nummer gar nicht hat. Und sowieso hätten die eigentlich auch Zugriff auf meinen Account.

Du bist allen egal. Jetzt tue es endlich!

Eine Woche später steht der Direktor vor meinem Kleiderschrank. Ich hatte zwecks Sauerstoffzufuhr eine Tür offengelassen.

»Kommst du bitte mal mit, Paul?«, fragt er, und wieso er nicht wissen will, wieso ich im Schrank liege und nicht auf meinem Bett daneben, wundert mich auch nicht mehr.

Gut so. Du bist halt für alle nur noch ein Freak!

Erst jetzt sehe ich die Japanischlehrerin an seiner Seite. Nanami ist garantiert gleich der Good Cop, denn darauf läuft es doch hinaus, wenn der Direktor persönlich erscheint, eine Befragung steht an.

Aber in Wahrheit bist du Nanami auch egal!

Und Mateo steht da.

Ihm auch.

Und eine verheulte Lien.

Und ihr sowieso!

Wir sitzen zu fünft im Zimmer des Direktors mit Blick auf Bäume und Schnee.

Der Direktor schiebt sein Handy über den Tisch, und alle sehen mich, wie ich in der menschenleeren Bibliothek mit einer kleinen Auswahl von Fünf-Sternen-Amazon-Produkten einen Suizid andeute.

Andeuten? Du hast es versucht! Doch nicht mal das bekommst du hin.

»Wir machen uns Sorgen«, sagt der Direktor.

Und er lügt!

»Du hast dieses Foto hier an Freunde geschickt.«

Du hast keine Freunde!

»Das ist schon ewig her«, sage ich.

»Vor drei Tagen«, sagt der Direktor. »Wieso ich es erst jetzt sehe, darüber werden wir noch später reden.« Er schaut grimmig zu Mateo und Lien.

»Paul, was ist los?«, versucht es schließlich die Japanischlehrerin. Und wiederholt den Satz vom Direktor: »Wir machen uns Sorgen.«

Ich könnte sagen: *zu spät!*

Ich könnte sagen: *Ich wohne schon seit Monaten im Kleiderschrank!*

Ich könnte sagen: *Ich gehe seit Wochen nicht mehr in die Kantine!*

Ich könnte sagen: *Meine Noten sind scheiße, dabei war meine schlechteste Note bisher im Leben eine zwei!*

Ich könnte sagen: *Dieses Foto haben auch zehn Leute in Deutschland bekommen, und keinen interessiert es!*

Ich könnte sagen: *Fickt euch doch alle!*

Ich könnte, könnte und könnte, doch ich sage nichts.

Weil du noch dazu ein Feigling bist!

Nanami beugt sich etwas mehr zu mir über den Tisch. »Paul, bitte. Wir rufen gleich deine Eltern an. Das müssen wir machen. Was sollen wir denen denn erzählen? Was ist los?«

Und ich sage immer noch nichts von dem, was ich sagen könnte, weil ich auch gar nicht mehr sprechen kann, weil die Stimme in mir drinnen viel zu laut ist.

Du Loser! Du hast es nicht geschafft!

Nanami blickt zum Direktor, und der nickt Lien und Mateo zu, die den Raum verlassen, ohne mich noch einmal anzusehen.

»Wir rufen jetzt zusammen deine Eltern an«, sagt der Direktor.

»Ich will nicht nach Hause«, sage ich lauter als gewollt, und Nanami versucht ein warmes Lächeln. »Bitte, Paul, das geht doch gar nicht anders. Und du kommst wieder, wenn es dir besser geht.«

Also nie, denn es wird dir nie besser gehen!

Meine Mutter geht ans Telefon, hört dem Direktor zu, und als ich mit ihr spreche, da bekommt sie schon kein Wort mehr heraus, weil sie weint, und auch Nanami, der ich den Hörer in die Hand drücke, kann daran nichts ändern. »Wir rufen Sie gleich wieder an. Ja … wir sind bei ihm. Natürlich.«

Ryan wird an diesem Abend zum Schlafen in ein anderes Zimmer verfrachtet, und an seinem Schreibtisch sitzt Nanami mit einem Buch. Das war eine Idee des Direktors, dass ich bis zum Abflug nicht allein bin, dass jemand auf mich aufpasst.

Eine Totenwache für die noch Lebenden!

Interessant, was alles passieren muss, bis sie sich für mich interessieren.

Doch es ist zu spät!

Ja, das ist es, es ist zu spät dafür!

Irgendwann löst der Mathelehrer Nanami ab, und weil ich nicht schlafen will, versucht er, mit mir eine Aufgabe auf den letzten Seiten aus *Analysis* 1 zu lösen, was er komischerweise nicht schafft, weil er vermutlich total überfordert ist mit dieser Situation hier.

Dann ruft meine Mutter an und sagt, gleich würde sich eine Psychologin bei mir melden, es ist immerhin erst Nachmittag in Deutschland. Auch das war so mit dem Direktor abgesprochen.

Natürlich kann mich die Psychologin nicht am Telefon therapieren, und natürlich muss ich nach Hause fliegen, und natürlich wird das nichts, überhaupt nichts an meinem Entschluss ändern.

Doch mir ist auch klar, dass ich das jetzt nicht in Japan im Internat hinbekomme und auch nicht im Flughafen in Tokio, im Flugzeug oder gleich wenn ich zu Hause bin, ich muss das nächste Mal besser planen, so wie Kurt Cobain, mindestens so.

Nach dem Mathelehrer kommt wieder Nanami in mein Zimmer, die somit viel zu wenig geschlafen hat.

»Wir fahren dich gleich zum Flughafen. Deine Eltern haben dir ein Ticket für den ersten Flug gekauft.«

Das mit dem Abflug war nach dem ersten Gespräch zwischen dem Direktor und meiner Mutter nicht so richtig klar. Sie wussten beide nicht, was gefährlicher für mich war, zu bleiben oder allein einen Flieger nach Hause zu nehmen.

Doch irgendwie war klar, dass das Foto mit mir und den Fünf-Sterne-Produkten auch schon ein paar Tage alt war.

Und sowieso sagte die Psychologin zu mir am Telefon: »Paul, du musst sofort von diesem Ort weg. Du bist zu Hause sicherer.«

Du bist nirgends sicher!

Nanami ist netter als der Mathelehrer, bei ihr darf ich immerhin in meinem Kleiderschrank bleiben, wenn auch nur mit geöffneter Tür.

Die drei Koffeintabletten kann ich unbeobachtet schlucken, was anderes hatte ich sowieso nicht da.

Erst im Flieger schlafe ich und verpasse zwei Mahlzeiten, weswegen mir die Stewardess zwei Stunden vor Landung noch ein Tablett mit Essen bringt. Ich zerkleinere meine Pasta mit Hühnchenfleisch, schiebe sie von links nach rechts, baue ein Häufchen daraus und lasse die Krümel vom trockenen Brötchen darüber regnen.

»Ist das Kunst?«, fragt der Typ im Anzug neben mir, den ich erst jetzt so richtig wahrnehme. Doch ich reagiere gar nicht darauf, sondern suche in meinem Rucksack nach Kaugummis.

Nanami achtete beim Verlassen meines Zimmers darauf, dass ich alles mitnahm, wirklich alles. Der komplette Kleiderschrank wurde ausgeräumt, und ich fand das nicht so professionell, weil sie mir vom Internat ja wenigstens den Eindruck hätten vermitteln können, dass ich noch irgendwann zurückkommen darf, auch wenn ich das nie tun werde.

So ist es.

Am Ausgang des Internats, also auf dem Weg zum Auto, das mich zum Flughafen fahren sollte, wartete Lien auf mich, obwohl sie garantiert niemals freiwillig so früh aufstehen würde. Als ich näher kam, war offensichtlich, dass sie das gar nicht tun musste, also aufstehen, meine ich.

Sie hatte wie ich offensichtlich keine Stunde geschlafen in dieser Nacht.

Kreidebleich und immer noch so verheult wie am Vorabend beim Direktor stand sie an der großen Glastür.

»Guten Morgen, Lien! Willst du Paul Tschüs sagen?«, fragte Nanami, und weil sie sich die Antwort denken konnte, ging sie allein voraus bis zum Auto, das auf uns wartete.

Lien streckte mir eine dicke Lederjacke entgegen. »Ist von meinem Ex. Könnte dir passen.«

Ich fragte sie nicht, wieso sie eine Jacke von ihrem Ex hier im Internat hatte und warum ich die jetzt haben sollte. Obwohl ich das schon gern gewusst hätte.

»Mir ist aber nicht kalt«, sagte ich, wie immer in kurzem Shirt und knielangen Hosen. Diesen Satz fand ich sofort total doof, doch das änderte ja nichts daran, ihn gesagt zu haben.

»Doch«, sagte Lien und drückte mir die Jacke in die Hände. »Du frierst immer, das weiß ich. Aber du merkst das einfach nicht.«

»Ich weiß nicht, dass ich friere?«

»Ja, so ist das, Paul, du weißt eben nicht alles, auch wenn du immer so tust.«

Und irgendwie kam es mir so vor, als fände sie den Satz jetzt genauso total doof, wie ich meinen total doof gefunden hatte. Doch Lien war nicht wie ich, sie konnte etwas gegen doofe Sätze machen, und deswegen kam sie einen Schritt auf mich zu und umarmte mich.

Meine Arme transformierten wie immer bei so etwas zu zwei unbeweglichen Holzstangen, und doch drückte Lien noch einmal kräftiger zu, was gar nicht so einfach war, weil ich ja meinen Rucksack aufhatte.

Lien zeigte zum Regenschirm, der im Rucksack steckte. »Hoffentlich beschützt der dich gut.«

»Äh …«, sagte ich wahnsinnig intelligent und fügte noch ein »vielleicht« hinzu.

»Der Schirm muss auf dich aufpassen! Ich will die Jacke wieder haben. Verstanden?«

»Die ist kein Geschenk?«

»Nein, kein Abschiedsgeschenk. Eine Leihgabe ist das. Hörst du? Ich sehe diese Jacke bald wieder!«

Ohne zu nicken, ging ich an ihr vorbei zum Auto. Nanami hatte meinen tonnenschweren Rollkoffer mit Hilfe des Fahrers bereits in den Kofferraum gehievt.

DANACH EINS

Return to Fantasy

Titel eines Songs von Uriah Heep

LIEN

Die Lederjacke kam zusammen mit Süßigkeiten aus Deutschland bei mir an. Da wusste ich schon längst, was geschehen war. Pauls Eltern hatten die Schule informiert, und die haben es uns Schülern mitgeteilt.

Paul hatte diese Lederjacke angeblich in seinem Abschiedsbrief erwähnt. Auch mein Name tauchte darin auf. Die Eltern sollten sie mir zusenden, was sie ja auch mit diesem Paket gewissenhaft taten.

Das kann ich mir gar nicht vorstellen, wie das ist. Wenn das eigene Kind solche Anweisungen gibt, also, was nach dem Tod zu tun ist. Das kennt man ja eigentlich nur von alten oder kranken Menschen, die ein Testament hinterlassen.

Wobei, krank war Paul mit seiner Depression ja auch, also psychisch krank. In Kombination mit seinem Asperger war das die Hölle für ihn. Da bin ich mir sicher. Nachdem das mit der Diagnose rauskam, hab ich mich informiert. Für Autisten ist eine Depression noch viel krasser, da geht gar nichts mehr. Da ist dann nur noch der Abgrund.

Ich öffnete also das Paket von den Eltern und hatte die Lederjacke in der Hand. Ich schleuderte sie zusammen mit den Süßigkeiten in die Ecke meines Zimmers. Bestimmt zehn Tafeln Schokolade und ein Kilo Gummibärchen, Lakritze, Brausepulver und Karamellbonbons flogen durch die Luft. Alles verteilte sich auf dem Boden.

Wieso ich das gemacht habe?

Das klingt jetzt vielleicht komisch, aber ich war unglaublich wütend auf Paul.

Ich wollte diese Scheißjacke von meinem Ex-Freund persönlich von Paul zurückbekommen. Von ihm persönlich! Nicht in so einem Scheißpaket nach seinem Scheißsuizid.

Genau das war doch der Sinn dieser Aktion! Hätte ich Paul das etwa dazu sagen müssen? *Ich will die Jacke von dir persönlich wieder haben! Und zwar als lebendes Wesen! Deswegen bekommst du sie überhaupt, damit du, verdammt nochmal, weiterlebst.*

Ehrlich gesagt, bin immer noch wütend auf ihn. Das hört man ja, so wie ich das jetzt erzähle, und daraus mache ich kein Geheimnis.

Stolz bin ich darauf natürlich auch nicht, denn es fühlt sich total falsch an, auf Paul wütend zu sein.

Und ja, danke, ich weiß, es ist auch extrem dumm, auf einen Toten wütend zu sein, weil keiner mehr etwas daran ändern kann. Niemand holt Paul zurück, und er kommt auch nicht von allein wieder.

Das darf man jetzt nicht falsch verstehen. Ich bin nicht immer so wütend auf Paul, aber in manchen Phasen, da passiert das eben. Und zwar immer dann, wenn es mir selbst nicht gut geht.

Wenn ich zum Beispiel dusche und die vielen Narben sehe, die ich mir reingeritzt habe. Die verheilen nie wieder.

Das wusste ich schon, als ich sie mir zugefügt habe. Genau deswegen tat ich es ja auch. Ich wollte mich für immer verletzen, nicht nur für diesen Augenblick.

In so einer Situation, also, wenn man das macht, kann man nicht klar denken. Und jetzt sieht das so aus, als hätte ich einen halben Meter langen Barcode aus weißen Strichen auf meinem Arm.

Nur einscannen kann man den nicht.

Ich ritze keine neuen Striche hinzu, keine Sorge, erst einmal nicht, doch ich brauche meine Tabletten, um das hinzubekommen. Jeden Tag.

Mir wurden Psychopharmaka verschrieben, mit denen klappt es ganz gut. Klingt vielleicht ziemlich krass, aber man glaubt gar nicht, wie viele Leute solches Zeug schlucken, um klarzukommen auf dieser Welt.

Ich kenne allein in meinem Freundeskreis drei, denen der Arzt Antidepressiva verschrieben hat.

Wäre Paul noch am Leben mit diesen Tabletten? Daran darf ich jetzt gar nicht denken, das zieht mich sonst nur noch mehr runter.

Meine Eltern wollten das erst nicht mit den Medikamenten, bis sie meinen linken Arm gesehen haben und später meine Oberschenkel. Dort sind die Narben am dicksten.

Erst hab ich das nur meiner Ärztin gezeigt, aber schließlich erlaubte ich ihr dann doch, mit meinen Eltern darüber zu reden. Allein hätte ich das nicht geschafft. So viel ist sicher.

Ich war da schon wieder in Xiamen, das lag aber nicht an Pauls Tod, sondern an Corona.

Sechs Wochen nach Pauls Abreise musste das Internat in Japan schließen, wie fast überall die Schulen dichtmachten. Das hat Paul ja noch mitbekommen, bestimmt war es in Deutschland auch so.

Mich erreichte die Nachricht über seinen Tod daher per Mail, ein paar von uns bekamen auch Anrufe, offenbar. Der Schulleiter informierte zuerst die Schüler, die mit Paul öfter zu tun hatten. Ich gehörte ja nicht wirklich dazu.

Da standen dann noch ein paar Nummern und Adressen in dieser Schulmail, an die ich mich wenden könnte, also, wenn es mir schlecht ginge. Aber was sollte ich zu Hause in China mit diesen japanischen Helfern anfangen?

Paul hat es geschafft!, das war mein erster Gedanke.

Weil ich das damals ja auch wollte, also einfach alles aufgeben, auch mich selbst. Ich wollte mich umbringen.

Auch deswegen bin ich so wütend auf Paul, weil er sich diesen Wunsch erfüllt hat, weil er aufgegeben hat. Immer wieder will ich das auch, wie gesagt, in solchen Phasen, doch ich reiße mich zusammen.

Denn wenn ich mich jetzt auch noch umbringe, ziehe ich andere mit rein, denen es ebenso mies geht. Die denken dann, selbst die tapfere Lien hat es nicht geschafft, also beenden wir die Sache eben auch.

So wie Paul.

Und dann bringen sich alle um, und das ist auch keine Lösung. Klingt alles sicher komisch, aber so fühle ich mich eben, so durcheinander und chaotisch und total daneben.

Ich wollte Paul lebend wiedersehen mit dieser Jacke.

Er sollte mir beweisen, dass er das packt! Denn wenn er es schafft, weiterzumachen, dann schaffe ich es auch.

So egoistisch bin ich.

Es ging mir nicht um ihn, sondern um mich bei dieser Lederjacke. Und das ist okay, finde ich. Es ist ja auch mein Leben, mit dem ich klarkommen muss.

Paul schrieb mir noch vom Flughafen eine Nachricht. *War dein Ex-Freund ein Footballspieler? In die Jacke passe ich fünfmal rein!*

Oder hier ist noch eine, also, eine der wenigen, die ich nicht gelöscht hab. Es waren einfach verdammt viele, schon in Japan ständig ... also hier: *Sollte im unwahrscheinlichen Fall eines Druckabfalls der Flieger komplett abstürzen, kann ich diese Jacke als Fallschirm nutzen!*

Geantwortet hab ich auf keine von denen, auch in Japan im Internat nicht. Also gar nicht! Nicht mal ein Smiley oder so. Damit hab ich nämlich keine guten Erfahrungen gemacht. Sobald du einem Jungen antwortest, egal wie kurz, interpretiert der gleich wieder alles Mögliche da rein. Und dann nerven die erst recht.

Das verstehen die meisten Jungs auch und lassen einen irgendwann in Ruhe, aber Paul hat es nicht kapiert. Obwohl ich gar nicht sicher bin, ob er wirklich nur auf Mädchen steht.

Da war zum Beispiel diese Feier im Internat, ein riesiges Ding. Die Jungs, vor allem die aus Japan, trugen schicke, schwarze Anzüge mit Krawatten. Die nahmen das total ernst und verbrachten den ganzen Abend damit, Selfies zu machen.

Paul überraschte auf dieser Feier uns alle mit Cosplay und zwar so, wie es die Japaner garantiert nicht kannten. Paul spielte keinen Manga-Helden nach, sondern einen weiblichen Charakter. Er trug so ein schwarzes Kostüm mit kurzem Rock und weißen Strümpfen. Er war das Dienstmädchen und lächelte auch noch so süß schüchtern dazu.

Hier, das Foto, das konnte ich natürlich nicht löschen. Interessant sind die Blicke der anderen, die entweder überrascht oder entsetzt waren.

Ehrlich gesagt, stand ihm das alles ganz gut. Ich fand ihn da auf jeden Fall extrem mutig. Trotzdem nahm ich seine Anrufe nicht an, und trotzdem schrieb ich ihm keine Nachrichten zurück, doch er hörte einfach nicht auf damit.

Auch in den Ferien am Jahresende war das so. Ich war bei meiner Familie in Xiamen, er bei sich zu Hause. Da schickte er mir ständig Nachrichten. Oder hier, noch so ein Foto mit selbst gebackenen Keksen. Die hat er bestimmt für seine Familie gebacken, und das ist ja total nett irgendwie.

Aber er rief mich immer noch an in dieser Zeit und nicht nur einmal, sondern unzählige Male.

Und ich nahm nie ab.

Ich fand es immer seltsam, dass er das nicht merkt. Wenn mir jemand nicht antwortet oder meine Anrufe nicht annimmt, dann weiß ich doch, was los ist. Paul machte immer weiter, und ich fühlte mich schon belästigt, ehrlich gesagt.

Später haben die Eltern mir ja geschrieben und von Pauls Diagnose erzählt. Also die Diagnose, die er in der Psychiatrie bekommen hat.

Ich verstehe da schon seine Eltern, dass sie etwas unternehmen mussten. Und so eine Klinik, na ja, das ist dann eben eine Notlösung.

Und klar, jetzt kenne ich auch die Diagnose, und jetzt denke ich, er hat das alles nicht verstanden, weil er auch noch Autist war, weil er in seiner eigenen Welt lebte.

Bestimmt hat er nicht gemerkt, wenn er mich nervte oder wenn er mir so viel über sich und seine Musik und seine Matheaufgaben und seine Mangas erzählt hat, ohne auch nur einmal nachzufragen, wie es mir geht und was mich beschäftigt.

Und natürlich mache ich mir jetzt Gedanken, also nach dem Brief von seinen Eltern mit dieser Diagnose.

Hätte ich das irgendwie sehen müssen? War ich total unfair, weil er gar nichts für sein nerviges Verhalten konnte? Bin ich etwa an seinem Tod mit schuld?

Das ist jetzt hart, klar, aber genau das macht mich eben auch wütend auf Paul. Noch ein Grund!

Als Überlebende fühle ich mich jetzt irgendwie verantwortlich für das, was Paul sich angetan hat. Und es ist ja vermutlich klargeworden: Für Leute wie mich ist das besonders scheiße.

Das ist wie in diesen Familien, in denen sich vier, fünf Leute umgebracht haben. Die gibt es wirklich, auch ganz bekannte Fälle. Hemingway zum Beispiel, der hatte ja Suizid verübt. Sein Vater auch, die Schwester und der Bruder auch, die Enkelin auch!

Wenn einer damit anfängt, ist das Risiko für alle anderen in der Familie viel höher. Ich weiß nicht, ob das wissenschaftlich zu erklären ist, aber ich verstehe es total.

Für mich ist das schon mal ein Grund, es nicht zu tun. Ich will nämlich, dass mein Bruder lebt. Und meine Eltern sollen auch weiterleben.

Paul ist jetzt nicht in meiner Familie, trotzdem verändert er mit seinem Suizid alles und jeden, nicht nur seine eigene Familie, sondern wirklich alle um ihn herum.

Und dieses Foto, das er uns allen in Japan geschickt hat, das war ja eindeutig. Das hat mich total verstört, er hat uns allen gezeigt, wie einfach ein Suizid ist und wie er kurz davorsteht.

Ich wollte nicht in seine Welt reingezogen werden, meine war fies genug. Also, auch deswegen nahm ich keine Anrufe von ihm an. Ich wollte Distanz zu ihm, ich brauchte sie!

Bei mir hörte er damit tatsächlich erst auf, als er in die Klinik musste. Er schrieb nur, dass er da nicht rein will, aber rein muss.

Und dann meldete er sich nie wieder. Also, nicht bei mir.

Mateo war aber noch mit Paul in Kontakt, und Jackson antwortete ihm auch manchmal. Beide haben mir erzählt, dass Paul im Videocall immer ziemlich zugekifft war.

Zumindest hätte er ständig davon erzählt und zwischendurch auch mal einen Joint in die Kamera gehalten. Für die beiden war das kein großer Skandal, in Spanien oder Kanada wird ja auch viel gekifft.

Ich konnte das gar nicht glauben, es passte überhaupt nicht zu Paul. Also Drogen zu nehmen, meine ich.

Er hat noch nie einen Schluck Reisschnaps getrunken, was in Japan ja schon irgendwie Tradition ist. Nicht mal Bier hat er auf unseren Partys probiert.

Aber Moment, so stimmt das eigentlich nicht, denn er war ja überhaupt kein Partytyp. Der war nie dabei, feierte nicht mit. Ein Außenseiter war er sowieso, aber da, bei diesen Partys, noch mehr als sonst.

Eigentlich war er nur bei einer Party dabei, und das war seine eigene, die Mateo schnell organisierte. Obwohl, organisieren ist das falsche Wort, es war eher improvisieren.

Wir saßen ja beim Direktor zusammen im Zimmer, nachdem Paul dieses Foto von sich geschickt hatte, also Mateo, ich und die Japanischlehrerin.

Mateo und ich mussten dann aber raus und warteten vor der Tür. Als Paul aus dem Büro kam, sagte er nichts, und das kam ja nicht so häufig vor bei ihm. Doch die Japanischlehrerin, die sprach mit uns.

Als Mateo hörte, dass Paul schon am nächsten Morgen nach Hause fliegen muss, wollte er eine Abschiedsparty machen.

Zwei Stunden später kamen fünf Leute in Pauls Zimmer, was nicht so viel ist.

Ryan war vor uns aus dem Zimmer geflohen, das er mit Paul teilte.

Avery brachte Paul einen Bananenkuchen. Den hatte sie selbst gebacken in aller Eile, und er war noch warm.

Sie wusste nicht, dass Paul Bananenkuchen hasste. Allein vom Geruch wurde ihm angeblich schon schlecht. Aber woher sollte Avery das wissen? Keiner von uns hatte, bis auf Mateo, viel Zeit mit ihm verbracht, und daher konnten wir nur raten, was ihm schmeckte und was nicht.

Das mit dem Bananenkuchen hat Paul aber Mateo zugeflüstert, und der hat es mir später erzählt.

Die Party beschränkte sich auf Bananenkuchen, deutsche Süßigkeiten aus Pauls Kleiderschrank, Jasmintee und Songs von Uriah Heep, die ich bis dahin noch nie gehört hatte.

Natürlich führte Paul uns Gäste in das Gesamtwerk ein, zeigte Fotos von langhaarigen Männern aus den Siebzigern, schwärmte von dieser englischen Rockgruppe wie sonst nur von Bowie.

Irgendwie hab ich alles über Uriah Heep wieder vergessen, bis auf den einen Satz, den wohl keiner von uns Partygästen jemals vergessen wird. Da lief dieser Song von denen, irgendwas mit *Fantasy.*

Ich weiß es nicht mehr.

Wie gesagt, es ist wirklich nicht meine Musik. Entscheidend ist auch nur das, was Paul zu diesem Song sagte. Er meinte nämlich: »Das soll auf meiner Beerdigung gespielt werden.«

Wir schauten uns alle nur an, Mateo lachte, aber es war so ein Lacher, der sich schon eine Sekunde später total falsch anfühlt. Doch dann ist es ja sowieso zu spät.

Keiner sagte was zu diesem schrägen Satz von Paul, und schnell war die Abschiedsparty auch schon vorbei. Dann kamen die Lehrer, damit Paul die Nacht nicht allein im Zimmer sitzt und auf dumme Gedanken kommt.

Bei der Party waren echt wenig Leute. Da haben manche jetzt sicher ein schlechtes Gewissen.

Aber ich weiß nicht, ob das wirklich nur an uns lag.

Paul machte es einem auch echt nicht leicht. Einerseits hielt er Monologe wie bei diesem Spaziergang, als er mir von Douglas Adams und Monty Python erzählte. Andererseits, wenn es kein Monolog war, dann war er ziemlich direkt. Vielleicht meinte er es nicht so, aber er konnte auch ziemlich austeilen, also ohne Rücksicht auf Verluste. Ist sicher auch so ein Autistending, wofür er überhaupt nichts kann.

Ich erinnere mich an seine Nirvana-Phase und wie er da aus Mateos Zimmer kam. Er hatte wahrscheinlich wieder ein paar neue Griffe gelernt.

Ich machte einen Spruch, von wegen Kurt Cobain und ob Paul jetzt auch schon sein letztes Konzert plane.

So Sachen sagten wir uns ständig, und Suizidwitze waren wahrscheinlich das Einzige, worüber wir uns noch richtig austauschten. Solche Witze machten aber andere auch!

Doch dieses Mal wurde Paul von meinem doofen Spruch richtig aggressiv. Er zeigte auf den Beamer, den ich zum Klassenzimmer durch den Flur rollte.

»Du hast echt immer die dümmsten Kommentare!«, sagte er gereizt. »Kein Wunder, dass dein Freund mit dir Schluss gemacht hat.«

Dazu fiel mir nichts ein, jeder von uns hatte so eine Aufgabe im Internat. Und ich war eben für diesen rollenden Beamertisch zuständig.

Ich wollte einfach nur weg, ließ den rollenden Tisch mit dem Beamer stehen.

Heute denke ich, Paul wollte einfach nur witzig sein, auf seine Weise, also eher sarkastisch. Aber ich konnte nicht darüber lachen. Und ich sah nur noch, wie er gegen den rollenden Tisch mit dem Beamer trat und davonrannte.

Er wollte vielleicht nur ein Gespräch mit mir anfangen. Aber er bekam es nicht so hin, wie er wollte. Das hat ihn wahrscheinlich total frustriert.

Mateo erhielt übrigens von Pauls Eltern auch ein Paket, er hat mir ein Foto davon geschickt. Wir sind in Kontakt, eigentlich erst so richtig seit Pauls Tod.

In Mateos Paket waren so viele Süßigkeiten wie bei mir und ein kurzer Brief von Pauls Eltern. Wir kannten die ja damals noch gar nicht. Jeder, der Pauls Grab besuchen wolle, sei nach Deutschland eingeladen. So oder so ähnlich haben es Pauls Eltern auch mir mitgeteilt.

Sie schrieben ein paar Zeilen über Pauls Beerdigung, sie wollten vermutlich, dass wir alle irgendwie auf diese Weise Abschied nehmen können.

Na ja, ich las auch, welchen Song sie dort für ihn spielten. Er hatte sich das in seinem Abschiedsbrief angeblich gewünscht. Für mich war die Titelwahl keine große Überraschung, für keinen von uns, der bei der Abschiedsparty dabei war. Es war natürlich dieser *Fantasy*-Song von Uriah Heep.

Pauls Grab in Deutschland habe ich noch nicht besucht, obwohl Bekannte meiner Familie dort leben. Ich will da niemals hin, also zum Grab. Und nicht nur, weil ich manchmal so wütend auf Paul bin.

Aber es wäre so, als würde ich mein eigenes Grab besuchen. Das klingt seltsam, ich weiß. Das können auch nur die verstehen, denen es so geht wie mir.

Und da ist noch was.

Paul hat es doch noch einmal probiert, also, mich telefonisch zu erreichen, meine ich. Die Eltern hatten doch die Todesanzeige in das Paket gelegt mit dem Brief und den Süßigkeiten und der Lederjacke.

Pauls Todesdatum war natürlich auch auf der Anzeige.

Ich schaute auf meinem Handy nach. Am selben Datum gab es drei Anrufe in Abwesenheit von Paul, in Deutschland war es da noch mitten in der Nacht.

ABSCHIED ZWEI

No Woman, No Cry.

Song von Bob Marley

PAUL,

kurz vor der Einweisung in die Akutstation

Meiner Therapeutin erzähle ich, wie grau alles ist. Also, wie grau deutsche Städte aussehen, die dicken Menschen hier, die langweiligen Häuser, die vielen, vielen Straßen. Überall sehe ich nur den grauen Asphalt in den grauen Gesichtern.

Grau, grau, grau ist das alles. Alle Farben grau ... Und irgendwie scheint es so, als würde überall ein Filter drüber liegen, ein Nebelfilter vielleicht.

Wieso sieht das keiner außer mir, oder sehen das alle? Und wieso macht denn keiner etwas dagegen? Und wie halten alle dieses Grau nur aus?

Meine Therapeutin lehnt sich zurück und schaut in den Ordner, in dem ihre Notizen zu unseren letzten Sitzungen stehen. »In Japan war auch alles grau, das hast du mir erzählt. Es begleitet dich offenbar, egal, wohin du gehst. Vielleicht will dir dieses Grau etwas sagen. Hast du eine Idee?«

Wenn Farben sprechen könnten, ja, das wäre eine interessante Sache, und ich kann mit solchen Gedankenspielen gut umgehen, das weiß die Therapeutin, und ...

... und trotzdem wird sie dir nie helfen können. Für dich gibt es keine Farben mehr! Nie wieder!

»Da war übrigens gerade wieder diese Stimme«, sage ich.

»Und was hat sie dir gesagt?«

»Dass Sie mir nicht helfen können. Dass für mich alles grau bleibt.«

»Und antwortest du der Stimme manchmal?«

»Das bringt leider überhaupt nichts.«

So ist es, du jämmerlicher Versager!

»Gerade hat sie mich *jämmerlicher Versager* genannt.«

Die Therapeutin macht sich wieder eine Notiz und lächelt mir zu. »Wirklich nicht nett von dieser Stimme. Wir sollten ihr vielleicht einen Namen geben. Einverstanden?«

NEIN! NEIN! NEIN!

»Sie sagt *nein*«, sage ich zur Therapeutin.

»Und du?«

»Ich denke … also, ehrlich gesagt … Klar, wir geben ihr einen Namen.«

»Gut. Wie könnten wir sie nennen, deine Stimme?«

»Der Pinguin.«

»Der Pinguin?«, fragt die Therapeutin, überlegt kurz und lacht, aber so richtig laut, dass die im Wartezimmer sicher denken, die Therapeutin ist selbst verrückt geworden.

»Ich meine, den Pinguin aus der …«, will ich erklären.

»… aus der *Känguru*-Trilogie. Der klassische Antagonist. Natürlich. Finde ich klasse. Deine Stimme ist ja auch ein Superbösewicht. Der Pinguin passt gut. Sehr gut sogar. Aber warte mal.«

Die Therapeutin schaut mich auf einmal ziemlich ernst an. »Der Pinguin ist ja getarnt in der Geschichte. Mal ist er der Vertreter für Tiefkühlkost, mal ein Controller in einer Firma, erinnere ich mich da richtig? Das Känguru weiß also nie, was dieser Pinguin genau vorhat, und das macht alle total verrückt.«

»Und der Pinguin hört Scooter«, sage ich, ohne zu wissen, wieso überhaupt, weil es ja gar nichts zur Sache beiträgt, und da fällt mir ein, was jetzt ziemlich komisch ist, weil ich in Japan bei Mateos Gitarrenkurs nie daran dachte: Das Känguru hört Nirvana. Das hatte ich total vergessen.

»Scooter?«, fragt meine Therapeutin. »Siehst du, das wusste ich gar nicht mehr. Also zurück zum Ziel des Pinguins, des Superbösewichtes. Offenbar will der Pinguin diesen großen Flughafen bauen, weil Pinguine nicht fliegen können. Was will denn deine Stimme, dein Pinguin?«

Meine Therapeutin blickt mich drei Sekunden lang an, ohne etwas zu sagen, und mir fällt nichts ein dazu, was sie offenbar wusste oder genauso geplant hat, denn die Zeit ist seit einer Minute sowieso vorbei, wie die großen Zeiger hinter ihr an der Wand jedem Patienten klarmachen. »Denk mal darüber nach, wir sehen uns in drei Tagen wieder, einverstanden?«

Ich nicke und gehe.

Nach und vor den Sitzungen drehe ich mir einen Joint, anders geht es einfach nicht, sonst könnte ich mein eigenes Zimmer nicht verlassen. Immerhin gibt es diesen einen Vorteil, nicht mehr in Japan zu sein – in Deutschland gibt es Weed.

Ein Anruf bei Flo, und zwanzig Minuten später im Park ist die Sache geklärt. Der Park liegt sogar noch zwischen meiner Therapeutin und meinem Zuhause, es ist also alles sehr praktisch organisiert hier in diesem Land, das muss ich zugeben.

Die Therapeutin lässt mich meistens ganz frei erzählen, egal, wovon ich reden möchte, sie ist ganz Ohr. Zumindest sieht es so aus, und ich würde wahrscheinlich auch nicht anders aussehen, wenn ich für das Zuhören bezahlt werden würde, so wie sie, was kein Vorwurf ist.

Irgendwie kenne ich das nicht anders.

Mateo bezahlte ich in Japan mit Amazon-Paketen für den Gitarrenkurs. Meine Therapeutin wird dafür bezahlt, damit sie mir zuhört.

Alle wollen bezahlt werden, außer Noah vielleicht.

Der hat Mitleid!

Lien zum Beispiel bekommt kein Geld und antwortet auch nie. Jackson, Avery und die anderen wollen auch nichts mehr mit mir zu tun haben. Zumindest dauert es immer ewig, bis sie mal auf eine Nachricht von mir antworten.

Weil du für die schon tot bist!

Danke für diesen konstruktiven Beitrag, du dummer Pinguin. Das mit dem Pinguin halte ich nicht lange durch!

Dann lass es doch! Gib auf!

Das werde ich bald, Pinguin! Und du weißt das sowieso.

Ja, und zwar nur ich.

Doch die Namensgebung heute war lustig, oder, Pinguin?

Hör auf damit, du Freak!

Ich weiß nicht, ob die Therapeutin wirklich an Bob Marley interessiert ist, aber sie hört auch bei solchen Exkursen von mir total aufmerksam zu.

Wer halbwegs seriös Gras konsumiert so wie ich und sich für Musik interessiert so wie ich, kommt natürlich an Marley nicht vorbei, und doch kennt sich kaum einer mit seinen Songs so richtig aus.

»Nie wurde ein Song so falsch übersetzt und missverstanden wie Bob Marleys …«, fing ich bei einer meiner Sitzungen an.

»… *No Woman, No Cry*«, machte die Therapeutin sofort weiter, und ich nickte erstaunt.

Ich dachte mir, sie baut sich garantiert auch einen Joint nach einem langen Tag voller Sitzungen mit total gestörten Menschen, mich eingeschlossen, denn anders konnte ich mir ihr Fachwissen nicht erklären.

»*No Woman, No Cry*, genau«, sagte ich also. »Viele denken ja, das heißt so viel wie: *Wer keine Frau hat, der muss auch nicht weinen.* Dabei ist die korrekte Übersetzung überhaupt nicht misogyn, im Gegenteil. Es bedeutet nämlich: *Nein, Frau, weine nicht.* Das ist ja was ganz anderes, es geht in dem Song nämlich gar nicht um die Beziehungen zwischen Frau und Mann oder so, sondern um das Leben in den Slums von Jamaika und …«

Und so redete ich damals weiter und weiter und weiter.

Natürlich fragt mich die Therapeutin in den Sitzungen auch, wie es mir geht und ob ich immer noch so Gedanken wie in Japan habe, ob ich an Suizid denke, mich noch selbst verletze, das ganze Programm eben. Sie fragt, und ich antworte.

Aber du lügst!

Richtig, Pinguin!

Ich antworte das, was sie hören will. Es ist wirklich nicht schwer, seiner Therapeutin etwas vorzumachen, weil so richtig in meinen Kopf schauen kann sie natürlich auch nicht, das kann nur der Pinguin.

Meiner Mutter erzähle ich auch, was sie hören will, und das alles ziehe ich bis zur achten Sitzung durch.

Dann kann ich nicht mehr, weil das auch anstrengend ist, dieses Lügen. Und wenn ich zu meiner Mutter nicht ehrlich sein kann, zu wem sonst?

Sie ist nicht der fiese Pinguin, sie kann keine Gedanken lesen. Ich muss es ihr schon sagen.

»Du, Mama«, fange ich also an, »nächste Woche Donnerstag nehme ich mir das Leben, im Wald. Nur damit du Bescheid weißt.«

Meine Mutter starrt mich an, und Tränen sammeln sich in ihren Augen, was ja abzusehen war, doch deswegen kann ich jetzt nicht anfangen zu lügen. Das will ich nicht mehr.

Es reicht, wenn ich meiner Therapeutin etwas vormache.

Meine Mutter soll wissen, was passieren wird, und dass es mein freier Wille ist und dass ich das gut plane und richtig durchführe.

Ich gehe wieder in mein Zimmer und drehe Nirvana auf. Meine Mutter klopft eine halbe Stunde später. Auch mein Vater steht am Türrahmen, kommt aber nicht hinein, denn nur meine Mutter darf mein Zimmer betreten.

Diese Regel habe ich nach Japan aufgestellt, und alle beachten sie, auch kein blauer Legofrachter mit T-Rex auf dem Deck parkt mehr unter meinem Schreibtisch.

Meine Mutter setzt sich auf meinen Bettrand, sie weint nicht mehr, aber sie sieht auch nicht besser aus. »Wir haben eben mit deiner Therapeutin telefoniert«, sagt sie, steht auf und geht in Zeitlupe zu meinem Schrank.

Sie holt ein paar Kleidungsstücke heraus, packt sie in meine Sporttasche und bittet mich, doch kurz die Musik etwas leiser zu machen.

Ich springe auf und fange an zu schreien. »Wollt ihr

mich jetzt in eine Klapse einsperren? Ist es das, was sie euch am Telefon gesagt hat?«

»Wir denken, es ist das Beste, wenn du …«, sagt mein Vater so ruhig wie möglich, aber auf ihn höre ich nicht.

»Nächsten Donnerstag, im Wald! Das hab ich vorher nur dir gesagt«, schleudere ich meiner Mutter ins Gesicht. »Nur dir! Und du hast es allen erzählt!«

»Bitte, Paul«, sagt sie und kämpft mit den Tränen. »Ich bin deine Mutter. Wie soll ich für mich behalten, dass du dich umbringen willst?«

»Das ist die Akutstation von der Klinik«, sagt mein Vater. »Die wollen dir helfen.«

Ich trete gegen meinen Schreibtisch, und zwei Mangas fallen auf den Boden. »Aber ich will nicht, dass mir jemand hilft!«

Meine Mutter hebt die Bücher auf und nickt. »Vielleicht kannst du das gerade nicht selbst entscheiden.«

»Was?«, rufe ich, nehme die zwei Bücher und werfe sie gegen die Fensterscheibe. »Das ist *mein* Leben, und *ich* darf es beenden. Und zwar dann, wann *ich* will!«

»Bitte, Paul, komm, wir fahren dich …«, fängt mein Vater wieder an.

Ich trete noch einmal gegen den Tisch, dieses Mal fällt leider nichts runter, also hole ich aus und räume die ganze Platte mit meinen Armen leer, so dass die Dose mit den Stiften, die Bücher und mein Laptop auf den Boden krachen.

Da spüre ich meine Mutter, wie sie mich umarmt, und ich verkrampfe wie immer.

Ich könnte platzen vor Wut.

»Atme, Paul!«, höre ich meine Therapeutin, was verrückt ist, weil die ja überhaupt nicht hier ist. »So, wie wir es gelernt haben in der Sitzung. Atme, Paul!«

Schlag deine Mutter.

»Halt die Fresse, Pinguin!«, schreie ich und will mich losreißen, aber meine Mutter löst die Umklammerung nicht.

Und mein Vater kommt auch in den Raum, das darf er nicht!

»Raus!«, schreie ich.

Schlag ihn ins Gesicht!

Mein Vater umarmt mich von der anderen Seite, ich bin quasi gefangen.

»Paul! Atme!«, ruft die Therapeutin. »Du weißt, wie.«

Sie zerquetschen dich und erdrücken dich.

»Fresse!«, sage ich, aber nicht mehr so laut.

Und ich atme.

Ich atme, so wie es mir die Therapeutin gezeigt hat, in der Sitzung, als ich von Bob Marley sprach und sie mir sagte, wieso Sänger bei Konzerten auch nach Stunden nicht heiser werden und wie sie aus dem Bauch atmen und wieso das so gut ist, aus dem Bauch und nicht nur so flach in der Brust und kurz zu atmen.

Und so mache ich es.

Ich atme wie Bob Marley, wie David Bowie, wie Uriah Heep, wie Kurt Cobain und wie sie alle heißen.

Ich atme tief in den Bauch und dann tief in die Brust, und dann halte ich kurz die Luft an, und dann lasse ich alles langsam wieder raus.

Das wiederhole ich und wiederhole es noch einmal und noch einmal, und dann, dann lasse ich mich endlich umarmen, ohne mich zu wehren.

Ich lasse es geschehen.

Hier.

Und jetzt.

Ein letztes Mal.

Zehn Minuten später sitzt mein Vater am Steuer, meine Mutter bleibt hinten neben mir, als würde ich gleich aus dem fahrenden Auto springen wollen.

Wir kommen schließlich an.

Die Akutstation der Kinder- und Jugendpsychiatrie ist eine Klapse, dabei bleibe ich.

Sie untersuchen mich, und sie wollen auch, dass ich bleibe, so wie meine Eltern das wollen.

Und ich stimme nicht zu, ich will da nicht bleiben! Nicht mehr. Im Auto war ich bereit, doch das ist vorbei.

Alles ist vorbei.

So ist es, Pinguin.

Also stellen meine Eltern den Antrag beim Familiengericht, damit ich bleiben muss, gegen meinen Willen, und ich denke, das dauert jetzt ein Jahr, wir sind schließlich in Deutschland, doch am selben Abend wird dem Antrag stattgegeben.

Die Sporttasche mit meinen Kleidern liegt sowieso schon im Kofferraum.

ABSCHIED DREI

Unser tiefstes Mitgefühl gilt seinen Eltern und Schwestern.

Traueranzeige von Pauls Schule

PAUL

Nach der Akutstation

Ich will es immer noch beenden, natürlich.

Natürlich!

Klappe!

Mit der Stimme rede ich nicht mehr, und sie heißt auch nicht mehr Pinguin. Damit hab ich schon am ersten Tag in der Klinik aufgehört. Denn Justin sprach dort schon mit seiner Stimme, und das gab mir den Rest. Ich war nicht wie Justin!

Aber ich weiß jetzt, wie ich mich zu verhalten habe, um das in Ruhe planen zu können. Justin, Katha, Alina und ich hatten da unsere Fachgespräche.

Ich verlasse die Klinik nicht gesund, aber immerhin als Jesus, das ist ja auch nicht schlecht. Ich konnte Alina nicht davon abbringen, mich so zu nennen.

Egal, zu Hause bin ich sowieso nur wieder der Paul.

Hier ist es immer noch grau, so grau wie in der Klapse. Auch die Stimme ist wie immer da, sie wollte auch nicht in der Klapse bleiben und kam wieder mit mir nach Hause.

Wir bringen es jetzt gemeinsam zu Ende. Abgemacht?

Abgemacht!

Du sprichst wieder mit mir?

Nein. Und du bist nicht der Pinguin.

Kaum draußen, will die Therapeutin sofort wieder mit mir reden. Alle wollen jetzt wieder mit mir reden.

Nur meine zwei Schwestern haben kapiert, dass ich nicht mehr will. Sie lassen mich in Ruhe, bringen nur das Essen vorbei oder leihen sich ein Manga aus. Wenn sie es ausgelesen haben, legen sie es mir vor die Tür.

Sie alle kennen meine Diagnose.

In der Klapse habe ich sie schwarz auf weiß bekommen.

»Was für ein Witz«, sagte ich zu Alina, die so war wie ich und auch endlich gehen wollte, also endgültig, aber es irgendwie nicht schaffte.

»Was für ein Witz? Geht's ausführlicher?«, fragte sie, die übrigens eine Katze hatte, die Madonna hieß. »Du laberst doch sonst auch die ganze Zeit.«

»Okay, also, da komme ich mit einer schweren Depression in die Klapse und erfahre, dass ich Autist bin.«

»Verstehe«, sagte Alina, die überhaupt alles sehr schnell verstand und mir allein deswegen echt sympathisch war, wobei sie als Katzenbesitzerin sowieso Extrapunkte bekam.

»Das ist so«, machte sie weiter, »wie wenn man seine Nikotinsucht bekämpfen will, zwei Schachteln am Tag inhaliert und in der Klinik einem der Arzt ganz entspannt erklärt, dass man übrigens auch Alkoholiker ist.«

»Was nicht so leicht ist bei der Apfelsaftschorle hier«, mischte sich Justin ein, den ich nicht so mochte wie Alina, der aber zufällig zuhörte.

»Würdest du bitte deine Öffnung zwischen Nase und Kinn geschlossen halten?«, fragte Alina, und der Spruch war sogar mir neu. Sie machte in der Klapse wirklich die originellsten Kommentare.

Justin war da eher nicht so der kreative Geist und hatte ein eingeschränkteres Vokabular. Doch er hatte immerhin keinen Suizid geplant.

Alina hatte ihren zweiten Versuch überlebt, und dann war da noch Katha, die wir nicht Katharina nannten, weil sie selbst ja auch keinen Satz zu Ende brachte und Katha sowieso viel besser klang.

»Oder«, sagte Alina, »wenn man mit einem gebrochenen Bein eingeliefert wird und die Ärzte überraschend feststellen, dass einem ja noch ein Arm fehlt.«

»Oder wenn man Vegetarier ist und in der Klinik dann …«, fing Katha an und hörte natürlich wieder auf.

In dem Fall verstand ich sie aber, also, wieso sie aufgehört hatte, denn der Vergleich ergab ja überhaupt keinen Sinn, also, wenn man zum Fleischesser wird als Vegetarier, ist das ja jetzt nicht so, als wäre man überraschend Alkoholiker oder eben Autist.

An diese Klapsendialoge muss ich zu Hause die ganze Zeit denken. Wäre eigentlich auch ein guter Buchtitel: *Klapsendialoge*. Wahrscheinlich gibt es das Buch sogar schon.

Ich werfe die Wäsche auf den Boden, lasse überhaupt alles liegen in meinem Zimmer und bekomme endlich raus, wie ich in unserem Haus allen aus dem Weg gehen kann.

Ich schlafe tagsüber und bin nachts wach.

Das funktioniert, und ich bin nicht der Einzige, der das so macht. Dank Corona hat Noah nachts Zeit zum Zocken. Er verabschiedet sich zwar gegen zwei oder drei Uhr, doch immerhin haben wir ein paar Stunden gemeinsam.

Beim Zocken darf ich auch immer über Musik reden, das stört ihn nicht, solange ich nicht unser Spiel versaue.

»Wie war es in dieser Klinik?«, fragte Noah einmal.

»Wie im Trainingslager vom Islamischen Staat«, sagte ich.

»Kapier ich nicht.«

»Ich lernte von meinen Brüdern und Schwestern alles, was ich wissen muss.«

»Und was musst du wissen?«, fragte Noah, und ich lenkte ihn mit einem fatalen Fehlzug ab, doch dann sagte er doch noch ziemlich in Gedanken: »Dachte immer, du bist doch eher der Ausbildertyp, dir kann keiner mehr was beibringen, oder?«

»Stimmt eigentlich«, sagte ich, und wir zockten weiter.

Wenn ich meinen Eltern im Flur begegne, also, wenn ich ins Bett gehe, wenn sie gerade aufstehen, dann drücke ich ein Lächeln heraus, und immer öfter ist es sogar echt.

Mir geht es gut.

Endlich.

So gut wie nie zuvor, glaube ich.

Und sie lächeln vorsichtig zurück.

Was sie nicht wissen, ist der Grund, also, warum ich so gut gelaunt bin.

Denn ich weiß, dass es bald vorbei ist.

Ich fange sogar an, die wenigen alten Freunde zu treffen. Das macht meine Eltern noch glücklicher.

Unser Paul sitzt nicht nur im Zimmer herum.

Es geht aufwärts mit ihm, er lacht sogar manchmal wieder.

Er geht wieder unter die Leute, unser Sohn!

Solche Gedanken werden sie vermutlich haben.

Dass das alles nur Abschiedstreffen sind, wissen meine Eltern nicht. Das kapiert offenbar keiner außer mir.

Ich durchwühle die Wäsche auf meinem Boden nach der Lederjacke von Lien. Ich finde sie zwischen meinen Sportsachen und lege sie auf den Tisch, auf dem ich auch meinen Abschiedsbrief schreibe.

Die Lederjacke muss Lien wiederbekommen, versprochen ist versprochen. Und ich weiß, was mir noch wichtig ist. Der richtige Song. Also schreibe ich das in den Brief für meine Eltern.

Auf meiner Beerdigung soll Return to Fantasy *von Uriah Heep gespielt werden.*

Das ist ganz wichtig, also, das mit diesem Song, sonst engagieren meine Eltern noch ein Streichquartett und foltern die Gäste meiner Beerdigung mit Bach oder Haydn.

Eigentlich wäre auch Bob Marleys *No Woman, No Cry* gut, aber dann versteht wieder keiner den Text. Dass da auf dem braven, deutschen Friedhof keiner an die Slums von Jamaika denkt, ist ja logisch.

Return to Fantasy ist jetzt auch nicht so einfach zu verstehen, aber lieber versteht keiner etwas, als dass das Falsche gedacht wird, und wahrscheinlich machen meine Eltern sowieso, was sie wollen, und dann stehen da die Künstler mit den Violinen, der Bratsche und dem Cello.

Als das mit dem Song aufgeschrieben ist und mit der Lederjacke auch, da drucke ich den Abschiedsbrief auf dem Drucker meiner Eltern aus.

Sie sitzen mit Lena und Sofie in der Küche und bekommen davon nichts mit.

Dann packe ich noch ein bisschen Gras ein und was ich sonst noch so brauche für die letzten Stunden.

Es ist nicht viel.

DANACH ZWEI

»Die Toten bleiben zwar für immer tot,
aber wir müssen weiterleben.«

Haruki Murakami, *Naokos Lächeln*

PAULS ELTERN

SEINE MUTTER

Paul verabschiedete sich am Nachmittag, um bei einem Freund zu übernachten. Ich war so froh, dass er wieder rausging und nicht mehr die ganze Zeit in seinem Zimmer verbrachte. Mein Mann und ich dachten wirklich, Paul hat es erst einmal geschafft. Er ist weg vom Suizid, und es geht wieder bergauf mit ihm.

Wir saßen hier in der Küche am Esstisch mit Lena und Sofie. Paul hatte das Haus schon verlassen und lief auf der Straße am Küchenfenster vorbei. Normalerweise hätte er *Tschüs* und *Einen schönen Tag noch* aus dem Flur gerufen. Heute nicht.

Lena sah Pauls Schlüsselbund neben dem Kühlschrank. Sie lief ihrem Bruder hinterher und gab ihm die Schlüssel. Er gab ihr einen Kuss auf die Stirn. Wie schön, dachte ich, das hat er schon lange nicht mehr gemacht. Das gab mir Hoffnung.

Was uns erst später klar wurde: Paul hatte den Schlüssel gar nicht vergessen. Denn er wusste, dass er nie wieder nach Hause zurückkommen würde.

Paul hatte kaum etwas mitgenommen, nur seinen Rucksack. Aber was brauchte er auch mehr, wenn er nur eine Nacht bei einem Freund schlafen wollte? Ich dachte mir nichts dabei.

Nachts kam eine Nachricht von ihm, er wolle gerne mit seinem Freund Filme streamen, aber sein Guthaben sei fast aufgebraucht. Das Problem konnte ich lösen, und er bedankte sich.

Ich war einfach nur glücklich, dass er eine gute Zeit hatte und nicht allein war. Ich erlebte Paul in den letzten Monaten so einsam, so in sich gekehrt. Das hat uns als Eltern wirklich weh getan, den eigenen Jungen so leiden zu sehen, ihn nicht mehr richtig zu erreichen und ihm nicht helfen zu können.

SEIN VATER

In Wahrheit ist er an diesem Nachmittag nie bei diesem Freund angekommen, er hatte nicht einmal eine Verabredung mit ihm. Erst nach seinem Tod haben wir erfahren, dass er bis spät in die Nacht sämtliche Leute anrief, die ihm wichtig waren. Manche gingen ans Telefon, andere schliefen schon. Er verschickte Fotos, Videos, Nachrichten, hörte Musik … Und er war die ganze Zeit allein.

Als er am nächsten Tag nicht nach Hause kam, machten wir uns sofort Sorgen. Sein Handy war ausgeschaltet, und dieser Freund, bei dem er angeblich übernachten wollte, war nicht erreichbar.

Wir riefen bei der Polizei an und mussten Paul vermisst melden. Kurz darauf waren sie bei uns, und wenige Stunden später begann die Suche nach ihm. Es gab keine Hinweise bis auf sein letztes Handysignal, das aber bei weitem nicht so präzise war, wie das in Filmen immer ist. Es war ein riesiger Wald, in dem unser Kind geortet wurde.

Wir druckten im Copy-Shop Hunderte Vermissten-Plakate mit seinem Foto. Die Mitarbeiterin des Ladens sagte, der Inhaber würde uns die Plakate gern zum Selbstkostenpreis geben. Ich musste weinen. Sie auch.

Alle um uns herum wollten helfen, und wir organisierten in Absprache mit der Polizei mehrere Suchaktionen. Natürlich ahnten wir, dass Paul sich etwas angetan hatte.

SEINE MUTTER

Es dauerte eine ganze Woche, in der Hunderte Freiwillige zusammen mit der Polizei den Wald mehrfach durchsucht hatten. Ohne Erfolg. Alles war wie im Nebel, und wir funktionierten vor allem für die beiden Mädchen. Automatisch. Wie ein Wunder waren die vielen Menschen, Freunde und Freundinnen und Bekannte, die sich in diesen Tagen rund um die Uhr um uns vier kümmerten, die einfach da waren. Die bis heute bei uns sind. Ohne die wären wir nicht durch diese Zeit gekommen.

Sonntagmittag klingelte es. Eine Polizistin und ein Polizist standen vor der Tür. Baten darum, hereinzukommen. Ein Krankenwagen parkte um die Ecke, das habe ich aber erst später erfahren. Keiner konnte wissen, wie wir auf die Nachricht reagieren würden. Sicher ist sicher. Angeblich ist das in solchen Fällen immer so.

Die Polizistin war einfühlsam und direkt, was, im Nachhinein betrachtet, genau richtig war. Wie oft hat sie diese Sätze seither wohl sagen müssen? »Wir haben ihren Sohn gefunden. Er ist tot. Es gab keine Fremdeinwirkung. Mein herzliches Beileid!« Unser altes Leben war vorbei, und wir wussten nicht, wie die neue Realität werden würde. Alles war anders. Für immer.

Herzliches Beileid, dazu möchte ich unbedingt noch etwas sagen. Niemand weiß, wie man einer Familie das Beileid nach dem Suizid eines Kindes ausspricht. Die Wahrheit ist, es gibt kein Richtig oder Falsch. Jede Karte, jeder Brief, WhatsApp, SMS, ein stilles Drücken oder eine Blume vor der Haustür. Alles war gut. Nur nichts tun, das war keine gute Idee, wie wir feststellen mussten.

Für viele, die die erste, dann die zweite und dann auch dritte Möglichkeit des *Hinter-sich-Bringens* nicht nutzen konnten, wurde die Überwindung zu groß, und manche begegnen uns seitdem mit Sprachlosigkeit. Doch mit uns kann man immer noch reden.

SEIN VATER

Wir waren Mitglieder in einem Club ohne Namen geworden, von dem wir nicht wussten, dass er existiert. *Club der lebenden Albträume* vielleicht? Uns erreichten in den Wochen und Monaten nach Pauls Tod Hunderte Briefe und E-Mails. Nicht nur Trauerkarten, auch persönliche Berichte über Paul von Menschen, die ihn kannten.

Noah erinnerte sich an gemeinsame Nerf-Schlachten, an ihre Zocker-Nächte, an die gute Freundschaft. Andere schrieben über eine gemeinsame Klassenfahrt oder von lustigen Augenblicken mit Paul in der Schule.

Das hat uns alles wirklich unglaublich geholfen, so etwas zu lesen und zu wissen, dass Paul auch ein schönes Leben hatte, wenn natürlich auch nicht immer.

Aber es waren auch manche Briefe von Eltern dabei, die ein Kind, so wie wir, durch einen Suizid verloren haben. Eine Familie fügte dem Schreiben sogar den Abschiedsbrief der eigenen Tochter bei. Das war schwer. Aber auch gut zu wissen, dass es Menschen gab, die ihr Schicksal mit uns teilten. *Club der lebenden Albträume* eben.

Es fühlte sich manchmal so an, als würden Eltern sich für den Tod des eigenen Kindes schämen und für sich selbst schämen. Schämen führt zu Verschweigen. Und so ist Suizid ein Tabuthema. Keiner redet darüber. Die Menschen leiden allein und bekommen so keine Hilfe. Bis sie es nicht mehr aushalten.

Seit Pauls Tod und bis heute kommen Menschen zu uns, erzählen vom Suizid in der Familie oder von Freunden. Sie reden zum ersten Mal in ihrem Leben darüber! Und nach diesen Gesprächen folgt ganz oft die Bitte: *Behaltet das für euch, erzählt es nicht weiter.*

Das klingt jetzt ein wenig pathetisch, aber für uns war klar, dass wir die Wahrheit sagen wollen. Paul hat sich das Leben genommen als tragischste Folge einer viel zu spät erkannten psychischen Erkrankung. Wir *müssen* also über Pauls Suizid reden. Und wir müssen über die Ursachen nachdenken und überlegen, wieso wir alle es nicht gesehen haben und daher nicht verhindern konnten.

Drei Viertel aller psychischen Erkrankungen entstehen in der Kindheit und in der Jugend. Drei Viertel! Und wie viele werden davon erkannt und behandelt?

Von den Menschen, die Suizid verüben, haben neunzig Prozent eine psychische Erkrankung. Und jeder Dritte denkt im Jugendalter über Suizid nach. Es ist die zweithäufigste Todesursache bei jungen Menschen. Unglaublich, oder?

Und ich? Ich entdecke seit Pauls Tod bei mir auch autistische Züge und habe erfahren, dass das vererbbar ist. Ich war ein schwieriger Schüler, Typ Systemsprenger.

Wäre es damals nach dem Willen des Lehrerkollegiums gegangen, wäre ich vom Gymnasium direkt auf eine Sonderschule versetzt worden – heute nennt man das Förderschule. Ich eckte überall an, passte in keine Form. Irgendwie habe ich mich durchgewurstelt.

Nur wenige Menschen haben an mich geglaubt, aber diesen wenigen verdanke ich alles. Immer wieder haben sie mir die Hand gegeben, wenn es blöd lief. Oder ich blöd war. Ich hatte unendlich viel Glück. Paul hatte es nicht. Das macht es nicht einfacher für mich. Im Gegenteil.

Einen Wunsch? Ich wünsche mir, dass Eltern sich bewusst machen, dass psychische Erkrankungen eine Realität sind und nicht nur in anderen Familien auftreten. Dass sie ihren Kindern wertungsfrei zuhören, wenn es ihnen nicht gut geht, wenn sie ein Pullover kratzt, sie keine Gurken essen können und das Zimmerlicht für sie zu grell und die Dunkelheit zu dunkel ist.

Nein, es ist möglicherweise kein Sich-wichtig-Machen oder Sich-Anstellen, es ist vielleicht der verzweifelte Versuch, den eigenen Eltern die Wahrheit zu schildern. *Ihre* Wahrheit. Das kostet sie so viel Kraft.

Und keiner soll etwas verstecken müssen vor anderen, etwas verschweigen, sich für etwas schämen. Und niemand sollte die Schuld bei sich selbst suchen. *Unter jedem Dach ein Ach*, in der Redensart steckt leider sehr, sehr viel Wahres. Es ist an der Zeit, psychische Erkrankungen gesellschaftlich anzuerkennen und entsprechend zu handeln.

SEINE MUTTER

Wir selbst haben in all den Jahren nicht gesehen, wie es Paul wirklich ging. Sein Autismus fiel uns nicht auf. Er war für uns so, wie er war, wunderbar mit seinen charakterlichen Besonderheiten. Dass manche dieser Eigenschaften die Symptome einer psychischen Erkrankung hätten sein können, das war für uns damals unvorstellbar; darüber haben wir nie nachgedacht. Das klingt für viele unglaublich, und doch ist es das, was uns auch andere Betroffene erzählen.

Erst jetzt, wenn ich an einzelne Ereignisse denke, dann sage ich: Klar, das ist typisch für Autismus oder für eine Depression oder suizidales Verhalten. Erst im Rückblick und nach seinem Suizid wird das alles für uns so deutlich. Und jetzt ist es zu spät.

SEIN VATER

Auch die Veränderungen an ihm, die nahmen wir damals nicht als Warnsignale wahr. Sein Musikgeschmack veränderte sich zum Beispiel mehr und mehr, die Songs wurden viel düsterer, die Musik lauter und härter. Paul hat keinen an sich rangelassen, auch uns nicht, wir wussten nicht, wie es in ihm aussieht und wie sehr er leidet. Seinen Weg, sich über die Musik auszudrücken, haben wir leider nicht verstanden. Sich das einzugestehen, das schmerzt uns als Eltern jeden Tag, und das wird wohl auch so bleiben.

Erst ganz am Ende wurde sein Verhalten wieder anders. Er traf plötzlich wieder Freunde, er saß sogar manchmal wieder mit uns zusammen in der Küche. Wir interpretierten das positiv und lagen damit im Nachhinein total falsch. Er hat so Abschied genommen von uns allen, und wir haben das nicht gemerkt.

SEINE MUTTER

Paul wäre kürzlich achtzehn geworden. Andere Eltern bereiten für ihre Kinder die große Party vor, planen gemeinsam ein Jahr Auszeit, die Ausbildung oder ein Studium. Wir gehen zum Friedhof.

In den Pflanzen dort an seinem Grab hängen übrigens manchmal Dinge. Ein Herz zum Beispiel, das rot blinkt, oder ein Schmetterling aus Metall, an Weihnachten hat jemand das ganze Grab bunt geschmückt. Wir wissen nicht, wer das ist und wer Paul da besuchen kommt. Aber es ist schön und wichtig für uns, zu wissen, dass jemand außer uns an ihn denkt.

SEIN VATER

Vor der Beerdigung fragte ich seinen Japanischlehrer, was in Japan üblich ist, um dem Verstorbenen eine Freude zu bereiten. Paul liebte ja das Land. Die gemeinsame Zeit mit ihm dort, das war für mich das Schönste, was ich mit meinem Sohn erlebt habe. Wir spazierten stundenlang von Kreuzung zu Kreuzung und überlegten spontan, ob wir links oder rechts abbiegen wollten. Der Plan war, keinen Plan zu haben und auf gar keinen Fall bewusst Sehenswürdigkeiten anzusteuern. So kannten wir uns beide noch gar nicht. Und doch kannten wir uns. Erst jetzt verstehe ich das.

Der Japanischlehrer meinte, in Japan bettet man den Kopf nach Westen und legt Dinge dem Grab bei, über die sich der Verstorbene gefreut hätte. Also warfen die Mädchen und wir frische Himbeeren, Tiefkühlerbsen, Pauls Lieblingsstift und eine Schallplatte in sein Grab. Und Yen-Münzen. Man weiß ja nie … Und dann war da natürlich noch dieses Lied, das wir laut seinem Abschiedsbrief für ihn spielen sollten. *Return to Fantasy*. Ich hoffe es so sehr für ihn.

DANACH DREI

Da gibt es manchmal so Zusammenbrüche.
Jemand ruft laut Paul, weil ein anderer eben
auch so heißt wie mein Bruder. Oder da sind Leute,
die ihm ähnlich sehen … Oder man sitzt am Esstisch
im Wohnzimmer und sieht, ein Stuhl bleibt leer.
Oder seine Zahnbürste, die nicht mehr
vor dem Spiegel steht. Wir müssen weiterleben!
Das sagt dann meine Mutter immer.

Pauls Schwester Lena

NOAH

Die Situation ist komisch, also, nicht so zum Lachen komisch. Natürlich nicht. Es ist ja auch eine Beerdigung. Aber es fühlt sich unecht an, hier dabei zu sein.

Hunderte Menschen sind versammelt.

Dabei war Paul eher so der Einzelgängertyp, keiner, der viele Leute um sich wollte. Dem wäre das heute echt zu viel Publikum gewesen.

Komisch ist auch, dass hier eben dieser Song lief von Uriah Heep, *Return to Fantasy*. Den hatte er sich gewünscht. Das hat seine Mutter in ihrer Rede gesagt, und das klingt zu einhundert Prozent nach Paul.

Genau so war er.

Nur hätte er noch ein wenig Musiktheorie beigesteuert. Wie ist dieser Song in das Gesamtwerk der Band einzuordnen? Wann und wo und wieso ist er entstanden? Und vor allem: Was bedeutet das eigentlich, *Return to Fantasy*? Also, ich verstehe den Text überhaupt nicht.

Auch das ist komisch, wenn ich mir das so vorstelle, ich wünsche mir einen Song für meine eigene Beerdigung. Gerade bei Paul macht das noch weniger Sinn, der war ja überhaupt nicht religiös. Was hat er nach seinem Tod davon, von diesem Song?

Er schaut ja nicht von einer Wolke herunter und klatscht nach Zugabe oder so. Also, vielleicht doch, aber er glaubte eben nicht daran. Wieso dann dieser Song und nicht eher

Klassik? Bei der Beerdigung meines Opas lief zum Beispiel irgendetwas von Bach.

Und so richtig komisch ist, dass Paul nicht hier ist, also nicht mehr lebt.

Schon klar, keiner besucht seine eigene Beerdigung. Aber dieses Gefühl, Paul ist einfach nicht mehr da, das ist unvorstellbar. Das geht gar nicht.

Keine Gespräche mehr, keine Treffen, keine Nachrichten, keine Fotos, kein Zocken, nichts.

Also, wenn er jetzt doch plötzlich auftaucht, dann liegt es an meinem Schlafmangel. Dann wäre das Einbildung. Und doch würde ich mich darüber freuen. Ein eingebildeter Paul ist besser als kein Paul.

Mir wird etwas schwindlig, und ich setze mich auf eine der alten Holzbänke. Frühstücken konnte ich heute nichts, da bekam ich keinen Bissen herunter. Und zum Mittagessen hat die Familie vorher alle eingeladen. Da kann ich aber nicht hin. Niemals.

Keine fünf Kilometer von hier haben sie Paul gefunden.

Und davor haben sie Paul gesucht, tagelang. Das waren Hunderte!

Mir war klar, den findet keiner mehr lebend. Das war sicher allen klar. Zumindest am zweiten oder dritten Tag.

Ich hoffte einfach nur, keiner würde ihn jemals finden. Dass er irgendwo in Mexico City oder New York oder Tokio mit der Kreditkarte seiner Eltern lebt und glücklich ist und alt wird.

Doch so ein Typ ist er nicht.

Natürlich haben sie ihn gefunden.

Und seither lasse ich nachts das Licht an, um irgendwann einzuschlafen, was ich eben nicht mehr so richtig kann. Und wenn, dann träume ich nur dummes Zeug, zum Beispiel laufe ich in einer fremden Stadt durch die Gegend, rufe nach Paul und finde ihn nicht.

»Hallo, Noah«, sagt eine Frau, vielleicht um die fünfzig.

Keine Ahnung, wer das ist, und sie merkt das natürlich. »Ist da noch Platz bei dir?«

Sie zeigt auf meine Holzbank, und ich nicke. Sie setzt sich zu mir und stellt sich als Erzieherin von meinem alten Kindergarten vor. Ich erkenne sie nicht, also, *überhaupt* nicht wieder, doch sie weiß sogar noch meinen Namen.

»Ich hab die Tage im Fotoalbum nachgeschaut. Du warst mit Paul in einer Gruppe.«

»Stimmt«, sage ich. »Freunde waren wir im Kindergarten aber noch nicht so richtig. Das kam erst in der Grundschule.«

»Ihr wart in der Leopardengruppe zusammen«, sagt sie und lächelt.

Leopardengruppe, stimmt.

Ich nicke, weil: An den Namen kann ich mich wirklich noch erinnern. Wir jagten als Leoparden die Kinder von der Löwengruppe, und die Frage war immer, welche Raubtiere eigentlich die stärkeren sind.

Paul war da schon ein ruhiger Typ, glaube ich. Zumindest hätte ich sonst mehr mit ihm gespielt. Ich war da noch eher der aufgedrehte Kandidat.

Doch immer wenn wir uns verkleideten, war Paul bei mir und ganz vorne mit dabei, das weiß ich noch. Davon gibt es Fotos. Wir beide als Leoparden mit Kinderschminke im Gesicht und so einem Kunstfell auf dem Rücken. Verkleidet hat er sich vielleicht wohler gefühlt, der Paul.

»Erinnerst du dich noch an die Flugzeuge?«, fragt mich die Erzieherin, und ich weiß nicht, worauf sie hinauswill, und überlege.

»An die muss ich jetzt immer denken, wegen Paul«, sagt sie.

Sie wartet auf meine Reaktion, und weil da nichts kommt, ich nur auf den Erdhügel starre, wo vorher noch ein Loch für Pauls Sarg war, erzählt sie weiter.

»Wir haben zusammen aus Holz kleine Flugzeuge gebaut. Die meisten von euch haben zwei Teile übereinander gelegt, und das war es dann auch schon. Das Flugzeug war fertig.«

Die Erzieherin deutete mit ihren überkreuzten Armen diese Holzstücke an, ein Arm war offenbar die Tragfläche, der andere Arm der Rumpf.

»Nach zwei Minuten waren diese Flugzeuge fertig, und ihr seid damit los geflogen.«

»Ich auch?«, sage ich.

»Das weiß ich nicht mehr. Aber Paul hat eine Woche an diesem Flugzeug gebaut. Jeden Tag erweiterte er es. Es gab Höhenruder, Seitenruder und … wie heißen die anderen noch mal? Egal. Es gab Turbinen und ein Cockpit natürlich. Und Räder, die nannte er aber *Fahrwerk*, der wusste das alles, und das schon im Kindergarten.«

»Klingt nach Paul«, sage ich.

»Ja, er war wirklich speziell, er …«, sagt die Erzieherin und kommt nicht weiter.

Sie holt ein Taschentuch aus der Handtasche, tupft sich die Augen trocken und schweigt. Irgendwann stehe ich auf. Sonst fange ich auch noch an zu weinen. Und das will ich hier nicht.

Sofie und Lena kommen auf mich zu, bis eben standen sie noch bei ihren Eltern, die aber umzingelt werden von Trauergästen. Das wurde Pauls Schwestern sicher zu viel.

»Hallo, Noah«, sagt Sofie mit einer so tiefen Stimme, wie ich sie noch nie bei einem Kind gehört habe.

»Hallo, ihr beiden«, sage ich.

Lena schweigt.

Mehr bekommen wir nicht hin, wir stehen einfach nur zu dritt da und schauen zu den anderen. Aber es ist auch schon gut, einfach nicht allein herumzustehen.

»Kommst du mal zu uns?«, fragt Lena irgendwann.

»Klar«, lüge ich.

Momentan kann ich mir das überhaupt nicht vorstellen, zu ihnen zu gehen. Was soll ich dort ohne Paul?

»Wir haben noch eine Nerf von dir«, sagt Sofie.

»Echt?«

Sofie nickt. »Die Hyper Fire.«

»Ach, *ihr* habt die«, sage ich und bin froh, über etwas mit ihnen zu reden und nicht nur stumm dazustehen. Auch wenn es nur ein Gespräch über Nerfs ist, und ich hoffe, dass keiner hier das so richtig mitbekommt.

»Und noch so Zielscheiben«, sagt Sofie.

»Die hab ich mit Paul gebaut, stimmt.«

Neben uns sind ein paar Lehrer von der Klasse versammelt: Mathe, Bio, Sport und Latein. Sie stehen im Kreis und versuchen, ein Gespräch in Gang zu bringen, so wie Lena, Sofie und ich. Nur sind die Lehrer etwas erfolgreicher als wir.

»Wusstest ihr etwas davon?«, fragt Mathe.

Bio antwortet zuerst. »Nein. Ich hab es nicht gesehen, echt nicht. Ihr wisst das ja, ich nehme die Probleme der

Kids zu oft mit nach Hause …« Bio macht eine Pause, schüttelt den Kopf und schaut zum Grab. »… doch bei Paul hab ich keine Probleme gesehen. Du?«

»Nee. War mein bester Schüler«, macht Mathe weiter. »Deswegen wäre ich nicht gleich auf so etwas gekommen …«

»Ja. Geht mir auch so«, sagt Latein. »So eine Verschwendung, der hätte alles werden können, echt alles.«

Sport nickt. »Der konnte alles, nur das Leben fiel ihm schwer.«

Komisch, dass ausgerechnet der Sportlehrer den krassesten Satz von allen sagt. Also nichts gegen Sportlehrer, aber der war sonst bei uns eher der Experte für die Bundesligatabellen und das von der ersten bis zur dritten Liga.

Bio fragt: »Macht ihr bei der Gedenkveranstaltung mit? Ich schaffe das nicht.«

Die Antworten verstehe ich nicht, weil Lena mich am Jackett zieht, was keine gute Idee ist. Der schwarze Anzug ist von meinem Vater geliehen, der ein paar Kilo mehr wiegt als ich.

Mein Vater zupfte vor der Beerdigung so lange an mir herum, bis sein Jackett halbwegs ordentlich aussah. Die Ordnung ist jetzt aber erst einmal dahin.

»Das nervt«, sagt Lena. »Das nervt mich hier alles.«

»Wollen wir woandershin?«, frage ich, ohne zu wissen, wohin wir gehen könnten.

»Wir gehen jetzt zusammen essen«, sagt Sofie, und ich versuche, nicht an das furchtbare Wort zu denken, das bei der Beerdigung meines Großvaters alle sagten.

Leichenschmaus.

Bei einem Vierundneunzigjährigen klingt das auch seltsam genug, aber eben nicht so seltsam wie bei einem Sechzehnjährigen, einem Menschen in meinem Alter.

Einem Freund.

»Da kommt Mama!«, sagt Sofie.

Ich sehe Pauls Mutter, die an den Trauergästen vorbei auf uns zukommt.

»Wir müssen weiterleben«, sagt Lena und klingt noch ernster als eine Erwachsene dabei. Das merkt sie aber und fügt noch eine Erklärung hinzu. »Hat Mama heute Morgen gesagt.«

»Da hat sie auch recht«, sage ich.

Sofie schaut auf den Boden und sagt mehr zu sich als zu uns: »Ohne Paul will ich das nicht.«

»Was denn?«, fragt ihre Mutter, die endlich bei uns angekommen ist.

»Leben«, sagt Sofie.

Ich schlucke nur, Worte bekomme ich keine mehr raus.

Das hier ist nicht nur Pauls Beerdigung. Es ist so, als würde gerade von uns allen etwas sterben.

Diesen Gedanken finde ich total wichtig, aber ich kann ihn nicht teilen, weder mit Pauls kleinen Schwestern noch mit seiner Mutter.

Den Gedanken bekomme ich jetzt nicht raus. Ich muss ihn für mich behalten.

Und dann platzen die Wolken auf. Innerhalb von Sekunden regnet es in Strömen.

Papas Anzug saugt sich mit Wasser voll.

Pauls Mutter schnappt Lena und Sofie und bringt sie zu Erwachsenen, die Schirme dabei haben. »Bringt ihr sie bitte schon mal zum Essen?«

»Und was ist mit dir?«, ruft ihr eine alte Frau zu.

Ich glaube, es ist ihre eigene Mutter, Pauls Oma, die manchmal da war, wenn wir uns mit den Nerfs durch das Haus jagten.

»Ich komme gleich nach«, sagt Pauls Mutter. »Die Tische sind reserviert, geht bitte los.«

Während die Leute nach der Beerdigung vor dem Regen flüchten, bleiben Pauls Eltern am Grab. Sie stehen zu zweit im Regen. Als jemand zu ihnen eilt und einen schwarzen Schirm reicht, schütteln sie die Köpfe.

Ich stelle mich unter einen der riesigen Bäume und friere im nassen Anzug.

Zum Essen gehe ich nicht, egal, wie trocken und warm es dort ist. Das findet auch ohne mich statt.

Als wirklich alle bis auf Pauls Eltern weg sind, ist der Boden komplett aufgeweicht. Es riecht nach feuchter Erde, und wäre das kein Friedhof hier, fände ich es schön.

Pauls Eltern gehen Hand in Hand durch den Regen zum Ausgang.

Ich würde gern schreien – so laut wie möglich. Einfach alles aus mir rausbrüllen möchte ich. Mache ich aber nicht.

Nun stehe ich allein hier, mitten auf dem Friedhof, keine fünf Meter von Paul entfernt.

So was kann man nicht verstehen und nicht glauben. Wie er da jetzt unter der nassen Erde liegt, im Sarg. Wie wir hier oben alle weiterleben müssen, ohne ihn.

Ich will gehen, da entdecke ich drei Bäume weiter diese Gestalt im viel zu langen, schwarzen Ledermantel.

Ein kreidebleiches Gesicht schaut mich an, mit extrem viel schwarzer Schminke und so einem blauen Lippenstift.

Es ist keine von unserer Schule.

Vom Aikido waren vorher ein paar Leute da, von Pauls Japanischkurs auch. Vielleicht gehört sie zu denen und wollte bleiben und jetzt einfach nur allein sein?

Vielleicht steht sie auch nur so auf Gothic wie Ella aus meiner Klasse und verbringt hier deswegen die Zeit und wurde von der Beerdigung überrascht.

Ich überlege, ob ich gehen soll, nach Hause, Hauptsache weg von hier. Aber wer ist sie?

Andererseits, ist das wichtig? Für mich jetzt?

Und während ich überlege, kommt sie zu mir, der Ledermantel schleift über die nasse Erde. Mit beiden Händen hält sie ihn sich vorne zu.

Erst als sie direkt vor mir steht, sehe ich die Katze. Sie schaut mich mit großen Kulleraugen aus dem Mantel heraus an.

»Madonna«, sagt sie.

»Noah«, sage ich und wundere mich über ihren Namen. Wer heißt denn bitte Madonna außer Madonna? Wer gibt seinem Kind so einen Namen?

»Die Katze heißt Madonna. Ich bin Alina.«

»Äh … klar«, sage ich. »Bin ja nicht doof.«

Alina krault Madonna, und die Katze fühlt sich scheinbar ziemlich wohl in dem Ledermantel.

»Bist du ein Freund von Paul?«

»Ja. Und du?«

»Ich war mit ihm in der Klapse.«

Darauf würde ich gern etwas antworten. Aber mir fällt nicht so viel ein, also nichts, was halbwegs schlau wäre. Und weil mir nichts einfällt, mir aber etwas daran liegt, nicht wie ein Volltrottel dazustehen, bringe ich jetzt endlich mal meinen Gedanken an.

»Komisch hier. Es ist so, als würde von uns allen etwas sterben. Also, ich meine, das hier verändert jeden von uns.«

Und weil Alina mich aufmerksam anschaut, mich nicht für bescheuert erklärt, mache ich weiter. »Das hier ist irgendwie nicht nur Pauls Beerdigung.«

Alina nickt. »Das ist so, als ob ein Atomkraftwerk explodiert.«

Ich denke über das nach, was sie sagt. Es ist schon der gleiche Gedanke wie bei mir, nur halt viel krasser ausgedrückt.

»Wir sind jetzt alle verstrahlt«, sage ich.

»Genau«, sagt Alina. »Für niemanden von uns ist das Leben nach der Katastrophe wieder so wie früher.«

Ich muss erst mal schlucken und überlege, wie recht sie hat.

Sofie und Lena sind jetzt ohne Bruder.

Die Eltern ohne Sohn.

Die Lehrer ohne ihren Schüler.

Alina ohne ihren alten Klapsenkameraden.

Ich ohne guten Freund.

Selbst die, die ihn nicht kannten, die irgendwie aber davon hören, wird es lange beschäftigen.

In allen von uns ist was gestorben, wir sind alle verstrahlt.

»Da in der Klinik …«, fange ich an. »Wolltet ihr euch da alle … also alle …«

»Natürlich. Deswegen waren wir ja dort.«

»Und bis auf Paul sind noch alle …, also da, leben …«

»Leben noch alle. Ja. Wir sind nicht explodiert. Aber die Verstrahlung, die bleibt und das verdammt lange.«

»Äh. Okay.«

»*Äh. Okay*«, macht sie mich nach. »Das heißt, du hast es kapiert, oder du hast es nicht kapiert?«

»Eher so kapiert.«

»Toll, Paul hatte schlaue Freunde.«

Ich nicke, was in dem Kontext ja super doof aussehen muss, und konzentriere mich auf Madonnas Ohren, die sich perfekt streicheln lassen.

»Und er hatte Freunde, die Katzen mögen«, sagt Alina. »Sehr gut!«

»Darf ich dich was fragen?«

»Solange du dich um Madonnas Ohr kümmerst, darfst du alles.«

»Was kommt nach der Verstrahlung?«, frage ich und stelle mir vor, wie ein anderer uns zuhört und mich für total verrückt erklärt. Doch außer Madonna, Alina und mir ist keiner auf dem Friedhof.

»Das ist nicht so einfach.«

»Die Radioaktivität bleibt eben verdammt lang«, sage ich, und Alina nickt.

»In der Klapse, da mussten wir eine Liste machen. Darauf stand, wieso wir weiterleben wollen.«

»Paul hatte auch so eine Liste?«

»Ja, hat er mir aber nie gezeigt. Vermutlich stand auch nur drauf: *Damit ich mehr Vorträge über David Bowie halten kann.*«

Wir müssen beide lachen, und das fühlt sich nicht falsch an, obwohl wir auf dem Friedhof stehen. Denn Paul hätte mitgelacht.

»Was stand auf deiner Liste?«, frage ich.

»Ganz schön intim jetzt, oder?«

»Sorry.«

»Also, meinen letzten Punkt, den kann ich dir sagen, der stand vielleicht auch bei Paul drauf.«

»Und?«

»Ich weiß nicht, ob der Tod wirklich so viel besser ist.«

»Das stand auf deiner Liste?«

»Ja … Okay, das haut dich jetzt nicht um. Ich verrate dir noch einen: *Ich bin es mir wert, am Leben zu bleiben.* Vermute aber, dass der bei Paul eher nicht drauf stand.«

Alina geht zu Pauls Grab, und ich folge ihr.

Der Regen hat etwas nachgelassen, und sie überreicht mir Madonna, die sich bei mir nicht sonderlich wohlfühlt. Mein Anzug ist ja nass, und ich ziehe die Ärmel hoch, damit sie sich in meine halbwegs trockenen Arme kuscheln kann.

»Ist ja gut, Madonna. Bist gleich wieder bei mir«, sagt Alina und zieht eine faustdicke Seerose aus Plastik aus dem riesigen Mantel. Sie drückt irgendwo drauf, und das Ding wechselt alle drei Sekunden die Farben.

»Das machen die später wieder weg«, sage ich und weiß nicht, wieso das jetzt so wichtig ist.

»Egal, ich komme ja wieder. Ich bin sicher, Paul mag das ein bisschen anders hier, nicht so förmlich alles.«

Ich nicke und denke dabei an *Return to Fantasy.*

»Paul hat sich ja den Song für seine Beerdigung ausgesucht. Als es dir nicht gut ging, hast du dir … also, hattest du dir auch schon einen Song …«

»*R.I.P.* 2 *My Youth* von The Neighbourhood. Der Klassiker vermutlich, aber das war trotzdem total schräg mit dem Song.«

»Was genau?«

»Ich hab mir geschworen: Ich will die Band *ein Mal* live

erleben, erst dann nehme ich mir das Leben. Und dann hatte ich endlich Karten, und die Band sagte alles ab, sie brauchte angeblich mehr Zeit für ein neues Album, eine kreative Pause und so. Dann gab es ein neues Datum für das Konzert, und ich hatte wieder Karten.«

»Aber du lebst.«

»Weil die Band wegen *psychischen Problemen* erneut alles absagte. Dabei hatte ich sogar schon einen Abschiedsbrief, ein paar sogar, unterschiedliche Fassungen, je nach Laune. Doch der Song blieb bei allen Abschiedsbriefen derselbe.«

»Und wenn der Song jetzt irgendwo läuft? Ist doch komisch, oder? Was machst du dann?«

Alina schaut erst zu Pauls Grab, dann zu mir, und sie lächelt sogar fast ein bisschen.

»Dann tanze ich.«

Hier kannst du Hilfsangebote finden,
wenn es dir oder anderen psychisch
nicht gutgeht:

Oder hier:
www.martin-schaeuble.net/buch/allefarbengrau

DANKSAGUNG

Als mein Vater mich vor einiger Zeit am Telefon fragte, woran ich gerade schreibe, erzählte ich ihm von Paul. Mein Vater wunderte sich, ob Suizid wirklich ein so großes Thema sei. »Jeder kennt jemanden, den das betrifft«, sagte ich, und er verneinte sofort. »Also, ich kenne keinen Einzigen.«

Dann war es ein paar Sekunden ruhig in der Leitung. Und mein Vater sagte plötzlich: »Obwohl, doch, warte mal. Ich hatte früher mal einen Bekannten …«

Dieser *Bekannte* war hoffnungslos verliebt und unglaublich enttäuscht. Was bei dem damals Zwanzigjährigen noch dazu kam, weiß mein Vater nicht. Psycholog*innen suchte damals kaum jemand auf, psychische Probleme wurden heruntergespielt. Und so starb dieser Bekannte *offiziell* auch bei einem Unfall mit seinem Motorrad. Vom Suizid wussten nur wenige.

Da dieser Suizid verdrängt wurde, speicherte mein Vater ihn selbst als Unfall ab – bis zu unserem Telefonat mehrere Jahrzehnte später. Und so wie mit meinem Vater, so ging es mir in vielen anderen Gesprächen bei der Recherche für dieses Buch.

Das Thema ist nicht groß. Es ist riesig. Und doch oder vielleicht gerade deswegen ist es verdammt schwer, darüber zu sprechen.

Ich danke all den Menschen, die sich mir gegenüber öffneten und von sich erzählten! Sie berichteten über ihre

Zeit in einer Klinik als Patient* innen oder als Mitarbeiter* innen. Sie erzählten von eigenen Depressionen, von anderen psychischen Erkrankungen oder auch von ihrem Leben mit Autismus – als Betroffene oder als Angehörige.

Manche erklärten mir, wie es ist, wenn jemand aus der eigenen Familie sich das Leben nimmt. Und es gab Menschen bei diesen Gesprächen, die einen Suizid planten und versuchten und überlebten.

Mehrere Psycholog* innen bereiteten mich auf diese Begegnungen und Recherchen vor, und eine Therapeutin erklärte sich zudem bereit, das Manuskript kritisch zu lesen und zu kommentieren. Danke!

Allen voran danke ich der Familie von Paul (der in Wahrheit einen anderen Namen trägt) für die Offenheit und das Vertrauen. Ihr großer Wunsch ist, dass viel mehr über psychische Gesundheit gesprochen wird, dass psychische Erkrankungen kein Tabu mehr sind und kein Grund für Stigmatisierung.

Oder wie es Pauls Vater mir sagte: »Es kann jeden treffen. Die Menschen leiden allein und bekommen so keine Hilfe. Bis sie es nicht mehr aushalten. Aber der Nachbar leidet vielleicht auch, und wie schön wäre es, wenn sie voneinander wüssten. Dann wären sie schon zwei.«

Auch danke ich allen Menschen, die Paul gut kannten, die mit ihm zur Schule gingen oder ihn unterrichteten, mit ihm befreundet waren und mit mir über ihn sprachen.

Das Buch ist zwar nach einer wahren Geschichte geschrieben, doch vieles ist fiktionalisiert, auch um die Privatsphäre von all den beteiligten Menschen zu schützen. Daher änderte ich alle Namen.

Außerdem sind oft zwei oder drei *echte* Personen zu einer einzigen Romanfigur verschmolzen. Bei Lien und Alina ist das zum Beispiel der Fall, hinter ihnen stehen in Wahrheit die echten Biographien und echten Zitate von mehreren Menschen, die mit mir sprachen – aber auch erweitert um Fiktion.

Ich danke meiner Lektorin Eva Kutter, dem engagierten Verlagsteam, Tomoko in Japan, den Vorableser*innen (u.a. Belinda, B.E.N.B., Elli »FeatherBlades« für die *League-of-Legends*-Hilfe, Paula und Zille) und wie immer meiner Agentin Aenne Glienke.

Die Recherche für diesen Roman war für mich so, als würde mir bei jeder Begegnung jemand ein Puzzleteil in die Hand drücken. Doch keiner kannte das Gesamtbild.

Und was dieses besondere Puzzle von anderen unterscheidet: Man könnte es auch ganz anders zusammenlegen, es würde ein neues Bild entstehen. Vermutlich nicht weniger wahr und nicht weniger falsch.

QUELLENANGABEN

KRISENRAUSCH EINS

S. 9

Marc-Uwe Kling: *Die Känguru-Chroniken,* Sonderausgabe im Ullstein Taschenbuch, Berlin, 4. Auflage 2016, S. 255

S. 17

Madonna, *Hung Up,* Album *Confessions on a Dance Floor,* Warner Bros. Records, 2005

ELFTES GEBOT: DU SOLLST VATER UND MUTTER NERVEN

S. 23

Crash Test Dummies, Album *God Shuffled His Feet,* BMG, Arista, 1993

S. 29

Lutherbibel, 3. *Buch Moses, Kapitel* 20, *Vers* 13, 1 Deutsche Bibelgesellschaft, Stuttgart, revidiert 2017

S. 30

siehe eben, 1. *Buch Samuel, Kapitel* 15, *Vers* 3

S. 32

siehe eben, *Markus-Evangelium, Kapitel* 16, *Vers* 16

KRISENRAUSCH ZWEI

S. 35

Pixies, *Where Is My Mind,* Album *Surfer Rosa,* 4AD, 1988

S. 42

Sex Pistols, *God Save the Queen*, Album *Never Mind the Bollocks, Here's the Sex Pistols*, Virgin Records, 1977

JAPAN EINS

S. 45

Sofia Coppola (Regie): *Lost in Translation*, 2003

S. 49

Monty Python, *Always Look on the Bright Side of Life*, Album *Monty Python's Life of Brian*, Warner Bros. Records, 1979

S. 50

Felix Gary Gray (Regie): *Fast & Furious* 8, 2017

JAPAN ZWEI

S. 53

Rob Cohen (Regie), *The Fast and the Furious*, 2001

KRISENRAUSCH DREI

S. 67

Douglas Adams: *Per Anhalter durch die Galaxis*, Gesamtausgabe, Bogner & Bernhard, Zweitausendeins, Frankfurt am Main, 2006, S. 58

S. 77

Marc-Uwe Kling: *Die Känguru-Chroniken*, Sonderausgabe im Ullstein Taschenbuch, Berlin, 4. Auflage 2016, S. 87

KONNICHIWA

S. 81

Gosho Aoyama: *Detektiv Conan*, Band 1, Egmont Manga & Anime, Köln, 2010, unpaginiert

NEKO HEISST KATZE

S. 91

Gus Van Sant (Regie): *Good Will Hunting*, 1997

ENTSCHEIDUNGSSCHLACHT

S. 103

League of Legends, Riot Games

S. 113 und S. 115

Die drei !!!, Fall 33, *Küsse im Schnee*, Sony Music

S. 117

Falco, *Jeanny*, Album *Falco 3*, Sony Music, 1985

ZWISCHENRUFE

S. 119

Wolfgang Herrndorf: *Bilder deiner großen Liebe. Ein unvollendeter Roman*, Rowohlt, Reinbek, 2014, S. 128

WINTERRUHELOS

S. 135 und S. 141

Otto Forster: *Analysis* 1. *Differential- und Integralrechnung einer Veränderlichen*, Vieweg Verlag, Wiesbaden, 6. verbesserte Auflage 2001, S. 185

HANFDIALOGE

S. 149

Produktbeschreibung des Herstellers, Hasbro online, https://products.hasbro.com (Stand 16.02.2023)

FALLENDE

S. 163

Überliefertes Zitat von Morihei Ueshiba, zu finden u. a. https://aikido-kampfkunst.de (Stand 16.02.2023)

S. 172

siehe eben, zitiert nach u. a.: https://aikido-niji-dojo.de/
(Stand 16.02.2023)

SPACE

S. 175

Marc-Uwe Kling: *Das Känguru-Manifest*, Sonderausgabe im Ullstein Taschenbuch, Berlin, 4. Auflage 2016, S. 160

ABSCHIED EINS

S. 191

Das Zitat von Kurt Cobains Mutter ist in übersetzter Fassung online in vielen Medien zu finden (Focus, ntv usw.). Das Gleiche gilt für das Originalzitat (u. a. BBC, The Hollywood Reporter).

DANACH ZWEI

S. 239

Haruki Murakami: *Naokos Lächeln. Nur eine Liebesgeschichte*, btb Verlag, München, 31. Auflage 2003, S. 165